Shinichi & Nanami
「親友の距離」

「……俺は……」

その涙を吸いとるようにまたキスをする。

七海は目を見開いたものの、なにもいわなかった。

ただ涙が静かにあふれつづける。

（本文P.141より）

Chara

親友の距離

杉原理生

キャラ文庫

この作品はフィクションです。
実在の人物・団体・事件などにはいっさい関係ありません。

目次

口絵・本文イラスト／穂波ゆきね

親友の距離

1

「ソフトウェア会社の営業に綺麗でホモの男のひとがいる」

後輩の女性社員の岩見《いわみ》から、何度かその話は聞いたことがあった。

打ち合わせのたびに、岩見がほかの女性社員に「今日も超キレイだった」と楽しそうに報告していたのが進一《しんいち》にも聞こえていたからだ。

進一が勤めているのは大手の重機メーカーで、本社部門の経営企画部に配属されている。企画、総務、経理の三部門に分かれているのだが、進一がいるのは企画部門だった。経営戦略の策定をはじめ、新規事業の創出などが主な仕事だが、会社がスムーズに運営されるための環境整備なども仕事の範疇《はんちゅう》に入るため、カバーする部分は多岐にわたる。たとえば情報セキュリティの推進などもそうだった。

後輩の岩見が担当しているのは社内ネットワークの新システムの件だった。グループ会社のソフトウェア会社に見積もりを依頼していたはずだ。

仕事相手にどんな人間がいようと、容姿の良さや性癖などでは進一は興味を引かれるはずもなかった。

しかし打ち合わせを終えて、岩見が書類の束を抱えながら満面の笑みをたたえてデスクに戻ってくるのを見て、さすがに少し関心をもった。

「そんなに綺麗なの？」

岩見にではなく、その後ろから苦虫を噛《か》みつぶしたような顔で歩いてくる同期の塩崎《しおざき》にたずねる。彼はその案件のメイン担当だった。

岩見とは正反対に、塩崎の眉間《みけん》には皺《しわ》が寄っている。大柄でいかつい顔の男だが、普段は決して無愛想なわけではない。

「なんかいやな感じのやつ」

吐き捨てるような温度差のある返答だった。

「安心しろ。塚原《つかはら》、おまえのほうが男前だ」

「なにいってるんだ」

進一が苦笑していると、岩見が「そうですよ」と進一を振り返った。岩見は外見こそなかなか美人だが、男女かまわず遠慮なくものをいいすぎるきらいがある。しっかりしているのか浮わついているのかわからない発言も多いが、基本的には憎めない後輩だ。

「塚原さんのほうが格好良いです。あの担当者さんは別タイプですから」

「そんなこと聞いてないよ」

進一は軽く受け流す。端整な顔立ちで、背がすらりと高い進一はスタイルの良さだけでも人目を引く。清潔感のある、落ち着いた容姿は女性受けがいいが、同性からはふざけてやっかみの対象にされることも多い。同僚の塩崎もことあるごとに、「おまえ、いい男だなあ」と口にするが、もはや嫌味以外のなにものにも受け止められない。女性の岩見にしても、「塚原さんはこのフロアで男前ナンバーワンですよね」とてらいもなく口にするが、最近ではほめられるというよりも揶揄《やゆ》されているようにしか聞こえなかった。

「調子のいいことといって、岩見さんはだいぶその彼にご執心じゃないか。システムの案件の彼に?」

「その担当者さんは、見てて面白いんですよ。なんていうか個性的なんです。綺麗でやさしそうな顔してるわりには、塩崎さんのネチネチした要求に容易には応えず、笑って毒吐くところなんかが。あの対決が傍で見てて最高」

「こっちの要求通りに作ってりゃいいんだよ。どうせやることになるのに、『要求定義のときには、その件にはまったく触れられませんでしたよね。いまさら気づいた点ということでよろしいでしょうか? ほかにお忘れの点はございませんか』とか、いちいち慇懃《いんぎん》で嫌味な返しがむかつく」

腹立たしそうにデスクに座る塩崎を見て、岩見はご機嫌だった。どうやら塩崎とその担当者の対決が見物らしい。

いまごろ話題の担当者はくしゃみをしているのではないかと思いつつ、進一は素朴な疑問をぶつけてみた。

「その綺麗な担当者さんがどうしてホモだなんてわかるんだ」

「雰囲気ですよ、雰囲気。あれは女を相手にする人種じゃありません。わたしと話してても、犬か猫を見るような目をしてますもん」

根拠のない主張に苦笑するしかない。

「仕事だから、当然だろ。きみが若い女性だからって、誰もがきみにうっとりするとは限らないだろうに」

「そうじゃなくて、第三者の証言もあるんですよ。実は、彼と偶然合コンしたっていう友達がいるんです。はっきりと人数合わせで連れてこられたってぼやいてて、こっそりと『女性には興味ないんだ』って告白したって聞いたんですから」

驚く進一の隣で、塩崎は「うへえ」と嫌悪感をまるだしにした。

「『彼女から合コンのときに話したこと、いろいろ聞きましたよ?』って彼にさぐりをいれたんです。彼、なんていったと思います?」

「なんていったんだ?」

いやそうな顔をしながらも、話の先を促したのは塩崎だった。

「『バレました? 内緒ね』って、あの慇懃無礼な綺麗顔がはにかんだように笑ったんですよ。

塩崎さんもあの顔を見れば、『なんだ、かわいいじゃないか』って認識を新たにしますって」

「古いままで結構だよ」

岩見と塩崎のやりとりを眺めているうちに、進一はふと過去の記憶を脳裏に甦《よみがえ》らせた。

学生時代、そういう類《たぐい》の話を聞いたことがあった。『どうやらあいつ、そうらしいぜ』――そんな下卑た噂を聞いて、自分はどう対処したのか。ずいぶんと長いあいだ忘れていた。

「塚原さん？」

ぼんやりしかけた進一に、岩見が声をかけてくる。なつかしい顔を思い出しそうになったところで現実に引き戻された。

「岩見さん、担当者さんとの距離は節度をもつようにね。そんな話は広めないほうがいいよ」

「はあい。わかってますって。日常のささやかな潤いじゃないですか。相手の個性に注目すると、打ち合わせも楽しいですもん」

岩見は調子よく返事したものの、さほど反省したふうではなかった。

話題の担当者は、同じグループ企業のソフトウェア会社『ノヴァシステム』の人間だった。

『ノヴァシステム』の担当者は、綺麗でホモの男。女受けが良くて、男受けは悪い――。

どこかで引っかかるものを覚えたのは、そのうち自分に関わりができてくる予感だったのかもしれない。

「――塚原さん、綺麗な担当者さんの顔が拝めますよ」

それから二週間も経たないうちに、岩見が進一のデスクの脇にきて楽しそうに笑う事態になったからだ。メイン担当の塩崎が春から異動することに決まり、社内の新システムの事案は進一が引き継ぐことが決まった。

資料を受け取ったとき、名刺のコピーを見て、進一は息を呑んだ。

「……噂の担当者は一ノ瀬《いちのせ》さんていうのか」

「そうですよ。一ノ瀬七海《ななみ》さん。下の名前、かわいいですよね」

記憶にある顔を甦らせる。綺麗に整った、女性的ともいえる顔立ち――同姓同名とは思えなかった。男でよくある名前ではない。

ほかの友人はほとんど名字で呼んでいたのに、彼だけは例外だった。妹の雪菜《ゆきな》がやはり下の名前がかわいいといって「七海くん、七海くん」と呼んでいたのにつられたのだ。向こうは初めいやがっていたが、「じゃあ、俺も塚原を進一って呼ぶよ」と互いに下の名前で呼びあうようになった。

「七海……」

思わず声にだして呟《つぶや》く。それは高校、大学と一緒だった親友の名前だった。

◇　◇　◇

「どうやらあいつ、そうらしいぜ」

そんな話を聞いたのは大学二年の盛夏——最初に耳に吹き込んできたのは、同じ旅行サークルの大木《おおき》という男だった。

「竹内《たけうち》って女は全然駄目らしい。そういう出会い系のバーに出入りしてるとこを見たやつがいるって」

噂の人物は竹内武彦《たけひこ》。やはり同じサークルのメンバーだった。背が高く、体格はがっしりとしていて、男らしく整った顔をしていた。性格は生真面目で、少し融通がきかない。よけいなことを話さない寡黙さのせいで、ミステリアスな雰囲気があった。

「あいつ、『兄貴』って感じだもんな」

「でしょ？　でしょ？」

信憑性《しんぴょう》のある話ではなかった。たまたま男ばかりの飲み会で当人が不在のときに「そういえばさ」とでてきた、半分ネタにも聞こえる噂話だ。あいつはよく内股で歩いているからオカマだ——ぐらいのレベルだが、いいだしっぺの大木の声には妙なねちっこさがあった。

居酒屋の座敷で、大木がいやらしく竹内のゲイ疑惑を話題にするのを、進一はいささかうんざりした気持ちで眺めていた。同じサークルだからといって、みんなが仲良しなわけではない。大木が竹内と相性が悪く、苦手にしているからこそ、しようもない噂をばらまいているのは誰の目にもあきらかだった。

「そろそろいいかげんに――」と進一が諫《いさ》めようとしたところ、先に隣から声があがった。

「くだらない」

いささか尖《とが》った響きの一言に、座敷にいた全員がシンと黙り込んだ。

声の主は、一ノ瀬七海だった。高校で知り合って、大学になってからも七海は進一の一番親しい友人だった。

七海は背が高く、ほっそりとした体格をしていて、女子から「一ノ瀬くんのほうが肌きれいってどういうこと?」とからかわれるほど白い肌の持ち主だった。本人は指摘されるのをいやがっていたが、女顔で、綺麗に整った面立ちと雰囲気のある容姿は立っているだけで人目を惹きつけた。潤んでいるような黒目がちの切れ長の目は涼しげで、黙っているとやさしげで慈悲深い男に見える。本人に伝えたら絶対に怒ると思って決して口にはしなかったが、天女みたいな顔をしている、と進一はひそかに考えたことがある。だが、実際の七海の性格は、外見のイメージから少し外れていた。

七海はビールをごくりと飲んでから、ほかの連中をざっと見渡したあとで大木をねめつける。

「くだらないよ。そう思うだろ? 大木、竹内にいまからこいって呼ぼうか。さっきの話、本人に直接聞いてみればいい」

七海は綺麗な顔に似合わず、性格はちょっとキツイ――というのが周囲の認識で、ときにはやや鋭すぎる言葉をぶつけるのを誰もが知っていた。

それまで一緒に噂をしていた連中は、「おまえが振った話だ」と非難がましく大木を見る。大木は決まりが悪そうに「よせよ」と呟く。

「ちょっと小耳に挟んだ話じゃないか。なんだよ、一ノ瀬がムキになることでもないだろ」

「俺は、ムキになってない。おまえがその噂が気になるみたいだからさ、こんなとこで話してるより、本人に聞いたほうが早いだろ」

なあと微笑《ほほえ》んで、七海は大木だけではなく周囲も挑発するように再び見渡す。その場にいた連中が居心地の悪そうな笑みを浮かべるのも無理はない。正義感もいいが、やりすぎると七海のほうが反感をかってしまいそうだった。

「そのくらいにしておけよ。だいたい竹内が男前すぎるのも悪いんだし」

進一はフォローするつもりで口を挟む。七海は「なんだよ」といいたげに軽く睨《にら》みつけてきたものの、すぐにこちらの意図を察したようだった。

「あいつも悪いの？」

「悪いよ。あいつ、男らしすぎて、俺も時々『兄貴』っていいたくなる。モテるから、妙な噂もたつんだろ」

「進一まで？」

七海はおどけたように目を見開く。

「じゃあ今度、こっそり注意してやらなきゃいけないな。おまえ、男好きするみたいよ、って」

周囲がどっと笑った。こわばったような空気はいったん溶けたものの、大木だけは険しい表情を浮かべたままだった。

竹内の噂話を聞いているのは自分も不愉快だったので、七海がくだらないと一蹴《いっしゅう》したのに賛同しつつも、進一はわずかに引っかかるものを覚えた。

ずいぶんと彼を庇《かば》うんだな——？

同じサークルとはいえ、七海がそれほど竹内と親しいとは知らなかった。いつも一緒につるんでいるのは進一で、ほかのメンバーとは適度に距離があると思っていたからだ。

たんに陰口をきくのが嫌いな性格的なものもあるだろうが、竹内を語るときの七海の表情には特別に親しげな情が込められている気もした。

「——竹内の悪い噂を見事に蹴散らしてたのは、なんで？」

飲み会が終わった帰り道、進一は七海とふたりきりになってからたずねてみた。

空気に昼間の熱の名残が漂っているかのような夜——駅までの繁華街はまだ賑《にぎ》やかで、その熱気のせいもあったのかもしれない。

進一の隣を歩きながら、七海は肩をすくめた。

「見事かな？ 進一のおかげで和《なご》んだけど、俺に対して、飲んでるときの噂話にいちいちケチつけんじゃねーよ、と思ってるやつは絶対にいそう」

「まあ、若干一名は」

進一の返答に、七海は「それって」と振り返って悪戯《いたずら》っぽい顔を見せる。「せーの」とタイミングを計るように声を揃《そろ》えた。

「大木」

声が重なった瞬間に笑いがはじけて、七海は愉快そうに肩を揺らす。

「あいつ、苦手なんだよな。俺に妙につっかかってくるのはなんでなんだ。進一にはやたらと愛想がいいくせに」

「そうでもないだろ」

「いや、大木は進一相手だと態度が違うよ。進一は人格者で、いい男だからな」

「誰がだよ」

「わかってるくせに」

七海が唇の端を上げてみせるのに、進一はあえて反論しなかった。

父を早くに亡くして以来、進一は母と妹との三人暮らしで、昔から年齢よりもしっかりしているといわれてきた。年の離れた妹に対するように、自分が一歩譲って、ひとに接するほうが楽なのだ。積極的に先頭に立つタイプでもないのだが、委員長やら部長やらのリーダーの役目を任せられる機会も多く、優等生ぶりを揶揄されるのには慣れていた。

自分では頼りがいがあるとも思えないのに、よくひとから相談を持ちかけられる。熱くならずに、どこかで自動的に感情をセーブするくせがついているためか、ひとの目には動じないように映って、なんでも受け入れてくれそうに見られているのかもしれなかった。

「大木のものいいは苛《いら》つくかもしれないけど、七海がムキになって、ほかのやつの反感までかうことはないだろ。慎重にやったほうがいい」

「わかってる。でも、俺が危なくなったら、進一が庇ってくれるんだろ？」

当然のようにいわれて、進一は渋面を作る。

「俺がいつもフォローできるわけじゃない」

「フォローできる限りはしてくれるのか？」

それは当然——といいかけたところで、七海が見透かしたような笑いを浮かべているのに気づいた。

「なんだよ」

「俺はおまえほどいいやつ、見たことない」

「なにいってるんだよ」

「なにって、言葉通りだよ。感謝してるんじゃないか」

七海はふざけた調子で答えたあと、視線をそらした。うつむいた横顔はまるで照れているようにも見えて、進一は普段と少し勝手が違っている空気にとまどった。

どうということのない、なにげないやりとりだった。なのにこの場面はよく覚えている。汗が肌にまとわりつくような夜——心のなかでも、得体のしれない熱がかすかにからみつくようだと感じたのはなぜだったのか。

「——暑いな」

七海はいいわけをするように呟きながら、輪郭にかかる長めの髪をかきあげた。頬から首すじへの白い肌にうっすらと汗が浮かんでいた。女性でもないのに、指を動かすゆったりとした仕草が、妙に艶《つや》めいて映った。

◇◇◇

学生時代の親友が担当者だとわかった案件は、社内から「既存のシステムの良い点も取り入れる方向で、あれもこれもできるようにしたい」と後出しジャンケンのように要望がでていて、その調整をしなければならないという一番面倒くさい時点での引き継ぎだった。

「ちょうどいいよ。担当者が替わるってことで、向こうも『イチからやりなおしだ』って覚悟決めてくるだろうし。納得するだろ」

塩崎は苦手だった七海との仕事を手放せて、せいせいしているようだった。対して、岩見はよほど七海を気に入っているらしく楽しそうだ。

「早速、今度の火曜日に打ち合わせの予定があります。担当者が変更になることはメールですでに伝えてありますからね。次回からはメールもすべて塚原さんにCCつけますから」

「綺麗な担当者さん」が話題の人物だっただけに、進一は名刺のコピーの名前を見てもすぐに友人だとはいいだせなかった。あまりの偶然に驚いていたせいもある。

「そのメールに俺の名前、書いた？」

「いいえ。打ち合わせに塩崎さんも同席するし、直接紹介してもらったほうがいいと思って。新しい担当者も同席しますとだけ書いておきました」

「そう」

資料につけられた名刺のコピーを見つめながら、進一は告げるべきかどうかを迷った。

「――実は、知ってるやつなんだ」

「え？」

岩見が目を丸くすると同時に、塩崎も興味深げに振り返る。

「この担当者、友達だよ。営業の一ノ瀬さん。高校、大学と一緒だった」

岩見は「ええっ」とあわてた様子になる。

「やだ。なんでそれ、早くいってくれないんですか。わたし、さんざん失礼なこといっちゃった」

「いや、名前聞いてなかったから。まさかとも思ったし」

「やだなあ、もう、恥ずかしい。本人にいわないでくださいね。ホモだとか、向こうがふざけてたのかもしれないのをこっちが勝手に騒いだだけで。知られたら、さすがに打ち合わせで気まずいです」

「いえるわけないだろ、おまえのミーハーぶりなんか。馬鹿」

塩崎に容赦なく突っ込まれて、岩見は珍しく情けない顔になった。

「責めないでくださいよ。ちょっとした仕事の潤いじゃないですか」

さすがにかわいそうになって、進一は助け船をだす。

「あいつはいつも女の子に騒がれるんだ、綺麗な顔してるって。それは昔から変わらないから。本人も慣れっこだよ」

「……ですよね、麗しいですもん」

懲りない岩見を見て、塩崎はうんざりした様子だった。

「あいつのどこがそんなにいいんだ。だいたいおまえに興味ない人種なんだろ?」

「実用じゃなく観賞用ですもん。あの仏様みたいな綺麗な顔で、きついことというのがいいんじゃないですか。ギャップ萌《も》えですよ。塩崎さんもその怖い顔で実はお菓子を焼くのが趣味だったりしたら、騒いであげられるのに」

「あーあ、おまえのツボにヒットするギャップがなくて、すげえ助かった。だけど、ギャップっていうわりには、岩見は塚原のことも格好いいっていうじゃないか。こいつにギャップなんてないだろ」

名刺のコピーに再び目を落としていた進一は、「え、俺？」と自分の名前がだされたことに困惑して顔を上げる。

「塚原さんは面倒見がよくて、紳士じゃないですか。女子だけじゃなくて、男性にも『いい男だ』ってひがまれながらもモテてるし。でも、きっとプライベートでは別の顔を見せると思うんですよ。会社の外では、案外ワルだと思うんです」

力説する岩見に、塩崎は頷《うなず》く。

「なるほど、こいつが実は腹黒いかもしれないってとこに萌えるわけか」

「そうです。想像の余地があるところがいい」

ふたりのやりとりを聞いて、進一は脱力した。なにやらとんでもないキャラクターに設定されているらしい。放っていたらどんどん嫌な方向に話が進みそうだったので抗議の声をあげた。

「岩見さん。俺、プライベートでも女性にはやさしいから。変なことというのやめてくれ」

「え。ほんとですか？」

岩見は意外そうに目を瞠《みは》ってから進一を見つめ、ためいきをつく。

「――いやあ、それは予想通りでつまらないですよ、塚原さん」

後輩になにをいわれても本気で気にはしなかったが、さすがにつまらないといわれては幾分心外だった。

「つまらない男で結構。女の子はね、若い頃は危険な男が好きだとか、なんだかんだというけど、そのうちに安定志向になって、つまらない男に戻ってくるんだよ。俺はそれを辛抱強く待ってる。岩見さんもあと三年もしたら、俺に『つまらない』なんてことはいえなくなるね」

「なんだ、おまえ、やっぱり腹黒いじゃねーか」

塩崎が笑いながら茶々を入れる。岩見は不服そうだった。

「なんでそんなことわかるんですか？　経験談？」

「妹がそうだから。昔は俺に対して我儘《わがまま》いいたい放題だったのが、最近少しずつ大人しくなって、態度が改善されてきてる」

「昔は……って、妹さん、何歳ですか？」

進一は一瞬黙ってから、「――いま十九歳」と答える。

「そんな若い子じゃ、参考にならないじゃないですか。塚原さんはシスコンですか」

「塚原はマザコンも入ってるぞ。お父さんが早くに亡くなってるから、妹に対しても保護者気分なんだよ」

塩崎が笑いながら事情を説明すると、岩見はさっと顔色を変えた。

「すいませんでした。知らなかったので」

「大丈夫だよ」

進一は笑いかけたが、岩見はさすがに神妙な様子だった。

「ほらほら、雑談はそこまで」

塩崎にせかされて、自分の席に戻ろうとした岩見を、「ちょっと待って」と引き止める。

「一ノ瀬がきみの友達に『女性には興味がない』っていったの、あれほんと？　きみが確認したときに『内緒ね』っていったとか」

「いえ。あれは友達が好みじゃなかったから、ふざけてそういったのかもしれないです。わたしもからかわれたような気もしますし。ごめんなさい、塚原さんのお友達だって知らなかったから、面白がっちゃって」

「いや、いいんだ」

岩見が申し訳なさそうに去るのを見送って、進一は再び名刺のコピーに目を落とした。

まさか七海が同じグループの会社にいたなんて知らなかった。学生時代は毎日のように顔を合わせていたし、一番の連れだったのに、大学卒業後に疎遠になってしまっていたからだ。

喧嘩《けんか》をしたわけではないし、仲が悪くなったというわけでもなかった。ただ就職してから忙しくなり、連絡をとらないようになっていった。学生の頃の友人と飲む機会があっても、進一が顔をだす場所に七海は現れなかった。七海のほうが避けていたのだろう。それに気づいてから、彼が参加している席は進一も遠慮するようになった。

会わなくなってから、かれこれもう六年以上が経つ。仕事で顔を合わせる前に、こちらから電話かメールで連絡を入れておくべきだろう。「久しぶり」と挨拶《あいさつ》しておくだけでもいい。たったそれだけなのに、担当が七海だとわかってから、簡単なことをなかなか行動に移せない。振り返ってもどうしようもない過去の場面ばかりが、くりかえし進一の頭のなかに浮かんでは消えた。

◇◇◇

そもそも七海と親しくなったのは、高校でクラスが一緒になったとき、席の近いもの同士で話しているうちに数人のグループで仲良くなったのがきっかけだった。

グループのなかで自然とまとめ役になる進一を、七海は最初から妙に見透かしたような笑みを浮かべて見ていた。

「塚原ってしっかりしてるな」

そういわれるのは慣れていたし、進一自身もひとから頼られるのは嫌いではなかった。

しかし、七海のほうもどちらかというと大人びていたし、出会った頃は気を許してなかったせいもあって、どことなく近づきがたい雰囲気が漂っていた。

「一ノ瀬だって、しっかりしてるじゃないか」

進一がそう返すと、七海は「うーん」と少し考え込んだ。

「父親が子どもみたいだからな」

父子家庭で育っていて、父親は技術者で仕事にかかりきりらしく、会社の寮に寝泊まりしていて家にもほとんど寄りつかないらしかった。

七海とは出会った瞬間からものすごく意気投合したというわけではなかった。最初はどちらかというと嫌われているのかと思ったくらいだ。だが、言葉を交わす機会が増えるにつれて、少しずつ印象が変わっていった。すましているように見えた七海が実はものすごく正直にものをいうこと、進一の前だけでは少し甘えているような素振りをみせること——嘘は苦手だし、甘えられるのは本音を覗《のぞ》かせているのだと思えば、どちらの部分も進一にとっては受け入れるのが容易だった。

親しくなると、七海は家によく遊びにくるようになった。進一の母親は仕事をしていたが、家事も手を抜かないひとだった。子どもたちが手伝ってくれるのは歓迎しても、遊びや勉強の時間を削らせるくらいなら、自分が二倍動いたほうがよいと考える性格で、家にいるあいだもきびきびと動いて、とにかくじっとしていなかった。

初めて家に泊まりにきた夜、七海は母親の様子を見ていて思うところがあったらしく、部屋に敷いた布団に腰を下ろしてから、いきなり感心した声をあげた。

「塚原がしっかりしてる理由がわかった。真面目ではめを外さないのも。お母さんがしっかりしてて働き者だもんな。あれじゃ期待を裏切れないよな」

「べつにそんなんじゃない」

「いいじゃないか。俺のうちみたいに、『きみも一個の独立した自我だから、好きにおやりよ』

なんて父親から笑っていわれるよりはよっぽど居心地がいい」

「そんなことというのか」

七海は「変人だから」と肩をすくめた。父親の仕事にかける情熱を認めている様子だったが、やはりどこか淋しかったのかもしれない。

食事の際、母親や妹の雪菜と笑って会話をしながらも、七海が時折ぼんやりした表情を見せることには気づいていた。友人の家族としゃべるのが苦手というふうでもないのに、なぜ——と首をかしげたが、七海のほうから父親のことを口にしてくれたので、なるほどと納得した。

普段、誰かから「真面目ではめを外さない」といわれると、揶揄も混じっている気がして「そんなことはない」と反発したい気持ちになるのだが、七海の前ではその必要はなかった。変なひねりはなくストレートにそう考えていることが伝わってきたから。

「塚原はそれでいいよ。期待してもらってるだけ羨《うらや》ましい」

俺は期待してもらったことも、期待したこともないから——と飄々《ひょうひょう》とした笑顔の裏で、七海が呟いているのが聞こえてくるような気すらした。

七海は見ていてはらはらするほど正直なところもあるのに、肝心なときに感情を抑制するような妙なくせもあって、それは進一にも共通する部分だった。

七海になら、自分も少し弱みをみせてもいいような気がした。実際、進一は弱音など吐かなかったのだが、そう思えるだけで七海と過ごすのは居心地がよかった。似ているところもあるし、まったく違うところもある。だからこそ気が合う。七海も同じように思ってくれていると思っていた。

妹の雪菜の影響で、進一が「七海」と呼びだしたとき、最初は「女みたいな名前だから」といやがっていた。

「なんで? かわいいのに」

進一がそう一言洩らしたら、烈火のごとく怒った。だが、雪菜には「かわいい、かわいい」と連発されても、七海はにこやかに笑っていた。雪菜ならよくて、どうして自分は駄目なのか。時々、わけがわからなかった。

「――進一」

自分も下の名前で呼ぶといったものの、七海は最初どこか気恥ずかしそうに進一の名前を口にした。もちろんあからさまにそういう態度は見せないのだが、ふとした視線の揺らぎなどから、ぎこちない感情が伝わってきた。口は達者なほうなのに、そういうところは恐ろしく不器用だった。

些細《ささい》なところで首をかしげる部分はあったが、七海をわかりにくいと思ったことはあまりない。強がることは多くても基本的に正直で、つんとして見えるのに人間的にかわいらしいところがあった。「七海くん、かわいい」と騒いでいた妹と同じような台詞《せりふ》が、口をついてでそうになるのを進一はしばしばこらえなければならなかった。

この先もつきあいはずっと続いていくものだと漠然と考えていて、あの頃はこれほど離れてしまうなんて想像もしなかったのに。

◇◇◇

打ち合わせの日まで知らんふりしているわけにもいかなくて、とりあえず七海の携帯に『久しぶり』という仕事で顔を合わせる件を伝えるメールを送っておいた。しかし、返事はなかった。身構えていた進一にしてみれば、拍子抜けする反応だった。

考えても仕方ない、か。

七海と同じように疎遠になってしまった友人はほかにもいる。そういう人間と偶然仕事で顔を合わせることもあるだろう。向こうが個人的な関わりを望んでいないのなら、ビジネスライクに接するしかなかった。

「――『ノヴァシステム』の一ノ瀬さんと三田《みた》さんがこられました。第五会議室にお通ししますね」

打ち合わせの日、岩見にそう声をかけられると、べつの電話にでていた塩崎を待って、進一は会議室へと向かった。部屋に入る前に、塩崎は進一の腕をつついて声をひそめた。

「学生時代の友人だからって妥協すんなよ。こっちの要求はなるべく最初の見積もり通りで呑ませろよ」

「井崎《いざき》さんは、全部の改善を盛り込んだら、あの工数じゃ無理だっていってるぞ」

「あのひとはシステムの人だからさ、いずれ自分が『ノヴァ』に出向することもありえるから、強いことはいえないんだよ」

「メンテについても、結局うちの井崎さんと『ノヴァ』で対応してもらわなきゃいけないんだから、俺も適正な工数であれば文句はつけられない」

「そりゃそうだが——」

直前に塩崎とそんなやりとりがあって仕事モードになっていたおかげで、進一はドアをあけるときには昔の友人と久しぶりに再会するのだという緊張感も失せていた。

室内に入ると、まず岩見の笑い声が耳に飛び込んできた。すでに何度も顔を合わせているので、向こうの担当者とは親しげな様子だった。

テーブルの席についていた『ノヴァシステム』のふたりは、進一と塩崎が入ってきたのを見て、立ち上がる。

奥にいるのは、おそらく開発担当の技術畑の人間だろう。三十代後半から四十に手が届くかに見えるから、三田という課長のはずだ。この案件を担当しているチームの責任者だ。

そして開発と、顧客の間をとりもつ技術サービス部の営業担当が七海だった。

平常心で室内に入ったはずだったのに、進一は七海の姿を目にした途端、一気に心臓がざわめいた。

西向きの窓がある会議室は、午後の暖色の光に染められていた。ちょうど逆光になっていて、最初は彼の顔かたちがよく見えなかった。

しかし目をこらしているうちに、ぼやけた写真のピントがあうように、その姿が鮮明になる。

ほっそりと背の高いシルエット、かすかに口角を上げて穏やかに微笑んでいる綺麗な顔立ち、黒目がちの切れ長の目はいつもわずかにうつむきがちな視線を向けている。チャコールグレーのスーツに身をつつみ、さらさらの茶色の髪はわずかになでつけてあった。

学生の頃と面立ちは変わらない。いくぶん頬が引き締まったように見えた。

七海は進一の姿を認めても、表情が変わらなかった。仏のようなやわらかい微笑みを浮かべたままだ。

進一は内心不審に思いながらも、いつもと変わらず仕事用の顔で応対した。

「彼が後任の塚原です」

塩崎が紹介すると、進一に対して、『ノヴァシステム』のふたりは名刺を渡して型通りの挨拶をする。七海は進一が学生時代の友人だということをおくびにもださずに、営業らしく貼りついた笑みを浮かべたままだった。多少とまどいながら、進一も挨拶をする。

ふたりが友人同士だと知っている塩崎と岩見は興味深げにそのやりとりを見守っているようだった。

進一はどことなく気まずかったが、表情にはださなかった。この場で「彼とは実は大学が同じなんですよ」と一言いえばいいのだが、メールの返事がなかったことを考えると正解ではないような気がした。

開発の責任者の三田は、おそらく七海から新担当者とは知己であるという報告は受けているのか、少し不思議そうな顔をしている。グループ会社で出向社員の往き来もあるため、知人ならば他人顔をしているほうが不自然なのだ。

七海は「では、早速ですが――」と資料をとりだして配りはじめる。

「先日、御社からのご要望を反映させて新たに計画を練り直しましたので、まずはこちらをご覧ください」

資料が行き渡ったところで、初めて七海が他人行儀な微笑みを消して、正面に座っている進一に視線を移した。

なにやら表情をさぐられているような気がしたが、相手の思惑が読めないので、進一は黙ったままでいた。七海が仕事のときは自分との旧友関係をオープンにしたくないのなら、それに倣《なら》うつもりだった。

進一が無表情のままでいると、七海の口許がふっとほころんだ。先ほどまでの営業的な笑みではなく、かすかに唇をゆがめておかしそうに笑う。

隣に座っていた開発の三田が「一ノ瀬？」と不審げに横の七海を見る。

「いや、失礼。実は、塚原さんとは高校、大学と一緒なんですよ」

「ああ、そういってたね」

やはり三田は知っていたのか、出るべき話題が普通に出て、ほっとしたようだった。進一の隣の岩見も塩崎も、同じく肩の力が抜けたようだ。

「わたしも聞いて驚きました。偶然だって」

岩見がここぞとばかりに参加してくる。七海がからかうような笑みを見せた。

「そのわりには岩見さん、僕宛ての事前のメールに塚原さんの名前を書いてくれませんでしたね。塚原さんから直接連絡をもらわなかったら、僕は今日この会議室でいきなり彼に会ってびっくりしなきゃいけなかった」

「知ったのはメールをだしたあとだったんですよ」

「そうなんですか。わざとなのかと思った。塚原さんから僕の学生時代のいろいろマズイところでも聞いていて、悪戯されたのかと」

「まさかあ」

岩見が笑いながら否定したところで、場の空気が一気に和んだ。いったん緩んだ空気を引き締めるように、七海は書類の束をトンと机の上でそろえながら「脱線してしまいましたね」と苦笑した。

「仕事の場で大学の同輩と顔を合わせる機会がないわけではないんですが、塚原さんとはほんとに久しぶりだったものですから。失礼いたしました。では、仕事の話に戻りましょう。先ほどの資料を……」

進一も学生時代の友人と仕事関係で顔を合わせることがないわけでもない。だが、七海の場合はほかとは違う緊張感があった。

七海も同じなのだろうか。なぜ携帯メールの返事をよこさなかった？

知っているのに初めて会うような顔をして仕事をするという居心地の悪さは解消されたものの、進一は引っかかったままだった。

すまして仕事の話をしている七海を見ていると、いろいろ勘ぐりたくなってしまうが、いまはそれどころではないとすぐに頭を切り換えて資料に目を通す。

初回の打ち合わせはいままでの確認と、新たな要望を盛り込んだ場合の工数と工期の検討が課題にのぼり、後日調整するという話で粛々と終わった。

「では、工数の見積もりが決定しましたら、またご連絡いたしますので」

席を立つ際に、塩崎と岩見が「普段と態度が違う」と進一に目で訴えていた。ふたりは以前七海の慇懃無礼ぶりを口にしているが、今日の打ち合わせを見るかぎりでは終始穏やかだったし、口調にも塩崎がいつも愚痴るような嫌味なところは感じられない。むしろ営業という仕事柄か、昔よりも態度が丸くなったと感じられるくらいだった。

会議室を出てから、互いに「それでは」と頭を下げたあと、七海がじっと進一に気になる視線を投げかけてきた。

「塚原さん、ちょっとよろしいですか」

進一にそう声をかけたあと、開発の三田に「先に行っててください。すぐに追いかけますから」と告げる。

友人同士、仕事とはべつに話もあるのだろうと、塩崎と岩見はオフィスのなかへと戻っていった。

エレベーターホールに出て、三田が先に乗り込んで下にひとりで降りていくのを見送ってから、七海はかたわらに立つ進一をようやく振り返った。

「――久しぶり」

黒目がちの瞳が微笑んで、進一を見上げる。

貼りついたような営業スマイルとは少し違う、くだけた笑顔だった。学生の頃と変わらない。やわらかでいて、目の奥に不思議な憂いと冴えを帯びた表情を思い出す。

思わぬ不意打ちだったが、驚きすぎたせいで却って「ああ」と平板な声がでた。

七海はおかしそうに声をたてて笑いだす。

「久しぶりの再会でも、進一はまったく動じないんだな」

それはそっちも同様だろうと進一はいいかえしたかった。仕事の場では知らないふりをしたいのだろうかと気を回したつもりだったのに。

「携帯に送ったメール、読んだんだろ？　返事もよこさないくせに？」

「どんな顔をしてくるのか、見たかった」

その返答に、進一は眉根を寄せる。七海は悪戯っぽい表情をして再び唇の端をつりあげる。

「俺がメールを無視したら、進一がどんな顔をして打ち合わせにくるのか、その表情を見たかったんだよ。そしたら、まったくいつもと変わらないんだから腹が立つ」

「………」

塩崎が「いやなやつだよ」と七海のことを吐き捨てるようにいったことを思い出しながら、進一はやや茫然《ぼうぜん》とする。先ほど丸くなったと思ったのは、仕事用の外面か。

「七海、いい性格になったな」

「昔からだ」

悪びれない返答に、進一は「そういえばそうだったか」と噴きだした。

「そこは否定してくれなくちゃ困る。進一のなかの俺のイメージは、学生の頃からそんないやなやつだったのかって、こっちは落ち込むだろ」

「自分でいったくせに」

「否定してもらいたくていってるんだよ。——鈍感なやつ」

最後の一言にズキリと胸の底が疼《うず》いた。昔と同じペースで会話できているのに、それが同時に落ち着かないような……。

「進一は、変わらないな」

七海がふいに目を細めて進一を見つめる。普段とは少し異なる、眩《まぶ》しいような——いつもよりもやわらかい微笑み。学生時代から七海は時折、この表情を浮かべて進一を見ることがあった。

「俺が？」

「うん、変わらないよ」

おまえも……といいかえそうとして、進一はその言葉を呑み込んだままわずかに視線をそらした。なにもなかったように振る舞うのが却って不自然に思えたからだ。

「進一」

察したようにわずかに張りつめた声で呼ばれて、進一は視線を戻す。七海は先ほどよりもさらに深い笑みを浮かべていた。

「……昔のこと、もし気にしてるなら、忘れてくれないか。俺はもうそういう気はないから。これから仕事でしょっちゅう顔を合わせるんだし」

さらりと告げられて、進一はすぐには返答できなかった。昔のこと——曖昧《あいまい》に言葉を濁されているが、思い当たる事柄はひとつしかない。

「さて、と。三田さん待たせてるから、そろそろ行かなきゃ」

七海は腕時計を確認すると、エレベーターの下りのボタンを押した。ほどなくしてドアが開く。

「じゃあな」

振り返った七海の顔は、ごく平然としていた。

どうせまた仕事ですぐに会うことになる。せっかく七海のほうから「忘れてくれ」といっているのに。……学生のときも、七海はそういった。

頼むから、忘れてくれ――と。

進一の頭のなかで過去の記憶が錯綜《さくそう》する。このままにしておけないという判断だけがあって、口から先に言葉が飛びだした。

「――飲みにいこうか」

「え」

七海は驚いた顔を見せた。進一は閉じかけたエレベーターの開のボタンをあわてて押す。

「なんだ、いきなり」

「せっかく会ったから」

「いつ？」

「今夜でも。都合がよければ」

落ち着いてからメールなどであらためて誘えばいいのだが、いったん離れてしまったふたりの距離を縮めるのは、再会した今日――いま、七海の顔を見ながらでなければ無理な気がした。

七海のほうもいますぐに予定を決めてしまわなければいけないように狼狽《ろうばい》した顔を見せる。

「今夜は駄目なんだ。仕事が詰まってるから」

「じゃあ、今週の金曜日は？」

「それなら大丈夫だ」

「なら、メールか電話で連絡入れる」

「ああ」

頷く七海の表情がかすかに弾んでいるように見えた。誘ってよかったのか――と進一は安堵《あんど》した。

もしかしたら、七海は仕事以外で顔を合わせるのはいやなのではないかと危惧《きぐ》していた。いくら自分が昔みたいに交流したくても、拒絶されるかもしれない。

最初にメールを無視されたときには、その可能性が高いと思っていた。そうされても仕方ない。進一は七海を無視したくはないけれども、七海から無視されても文句はいえない。

「じゃあな」

心なしか先ほどよりも晴れやかな表情を見せる七海に、進一も微笑しながら「ああ」と応える。

思いがけない再会で、心の片隅にこりかたまっていたものが溶けていくかもしれない。これでようやく昔通りになる。その期待があった。

だが、エレベーターが閉じる瞬間に、七海の表情に先ほど「変わらないな」といったときと同じような不思議な笑みが広がったのを確認して、進一は胸を突かれる。止めていた感情の時間がようやく動きだしたように、その微笑みを前にして、以前、落ち着かない気持ちになったことを思い出す。

――あれは笑っているのではなくて……。

昔も同じことを感じたのに、うまく対応できなかった記憶が甦る。ドアが閉じた瞬間に、引き寄せかけた感覚が霧消した。

エレベーターホールにしばし立ちつくして、進一は頭を振る。過去の場面が硝子《ガラス》の欠片《かけら》のように落ちてきて、心の底をちくりちくりと刺した。

学生のとき、七海は「頼むから、忘れてくれ」といった。

「俺が好きだといったことは忘れてくれ」――と。

2

学生時代、気が合わないのにそれなりにつきあいのあった男というと、大木の名前が真っ先に思い浮かぶ。

竹内の良くない噂話を広めたり、一癖ある男だったが、進一にはよく話しかけてきたし、向こうが親しくしたいと考えていることは伝わってきた。七海と違って、進一が大木を苦手としているのを表面上は態度にあらわさなかったからかもしれない。

大木はつまらない情報によく通じていて、一部の人間からは重宝がられていた。進一が知りたいような内容ではなかったが、向こうは気をきかせていちいち耳に入れてくれた。

「竹内のことだけど、あの噂の続報」

懲りもせずに、大木が大学の構内で進一に声をかけてきたのは大学三年の春だった。すぐにはなんの話かわからなかった。正直なところ、以前に聞いた竹内の噂など忘れてしまっていた。

「あの噂ってなに?」

「いや、ほら、俺が一ノ瀬にきつくいわれたことあったじゃん。噂しないで本人に聞け、って」

　そこまでいわれて初めて、「竹内って女が全然駄目らしい」という噂だと気づいた。まだあの話を引っぱってるのか、とさすがに進一はあきれた。

　その驚きの表情を、大木は興味があると勘違いしたらしかった。

「やっぱりあいつ、そうらしいよ。二丁目とかでよく見かけられてるらしいし」

「そう」

　適当に相づちを打ったが、それ以上聞きたい話題でもなかった。それなりにつきあいのある人間なら、本人がカミングアウトでもしないかぎりは見て見ぬふりでいるのが一番だ。悪意のある好奇心はもっともタチが悪い。

「大木はなんで俺にそんなことというんだ？　竹内がそうでも、『噂はホントだ』っていちいち報告されても困るよ。興味があったら、俺は自分で竹内に聞くから」

　どこか得意げになっていただけに、進一にぴしゃりとはねつけられてショックだったのだろう。大木の顔がさっとこわばった。

「塚原にも関係あるから、俺は教えてやろうとしただけだよ。本人には聞きにくいだろ」

「俺になんの関係が？」

　眉をひそめる進一に、大木はとっておきの宝物でも自慢するような顔つきになった。

「――一ノ瀬七海が、竹内とデキてるからだよ」

その発言は狙い通り、進一を驚かせるのに充分だった。大木は「ほらみろ」といわんばかりに目を輝かせる。

「あいつら、そういう仲なんだ。なんで一ノ瀬が竹内のことを庇うんだろうって不思議だったんだけど、デキてたからなんだよ」

「――」

進一の表情が驚愕《きょうがく》から剣呑《けんのん》としたものに変わるのを受けて、大木がはっとしたようにくちごもる。

「それ、誰にいった？」

「え？」

「その話、ほかに誰にいって回った？　まさか竹内のときと同じく、飲み会で大勢の前でべらべらとしゃべったのか」

普段は落ち着いていて、ものいいもやわらかい進一が険しい表情になるのが意外だったらしい。大木はあわてたように後ずさった。

「……い、いや。いってないよ。まず塚原にいったほうがいいと思って。一ノ瀬の一番仲いい連れはあんただろ？」

進一は静かに息を吐いた。そうしなければ声が昂《たか》ぶったり、妙な調子になりそうだったからだ。

「変なことをいって回らないでくれ。俺が直接、あいつに聞くから。もし、ほかからこの話を聞いたら——」

「い、いわないよ。俺、べつにあんたを怒らせたいわけじゃないから」

「なら、いい」

目論見《もくろみ》が外れて、「ごめんな」と去っていく大木の後ろ姿を見送って、進一はふっと我に返った。

頭が熱くなりかけたのは、決して大木のせいではなかった。大木の性格——噂好きで、ひとにもそれが喜ばれると思って提供しているのは、彼なりの交際術の手段のひとつだとわかっていた。以前から承知していたのだから、いまさら腹が立つのもおかしな話だ。

問題は大木ではなくて、告げられた内容だった。

(——一ノ瀬七海が、竹内とデキてるからだよ)

どうして七海が男と?

直接あいつに聞くから——大木にはそういいきったものの、進一は内心途方に暮れてしまった。

◇
◇
◇

再会して一緒に飲むことになった金曜日の夜——。

「だいたいそちらのシステムの井崎さんは、こっちの意見に同調してくれてるんだ。なのに、あの塩崎さんとその上司の部長さんが、『いや、これもできるはずだ、あれもできるはずだ』って、最後の最後になってちゃぶ台をひっくりかえした。それで、新しい工数と工期を見積もることになったわけ」

ほんとに久しぶりだな、と和やかに笑いながら居酒屋の席についた七海は、ビールを飲みはじめて五分もしないうちに、いきなり仕事の話で絡みはじめた。

「とくにおまえの同僚の塩崎さん。あれは石頭だ。ただ部長の手前、最初よりも予算を増やしたくないだけだろ？　調査からはじめなきゃいけないんだから、まったく最初の前提と話が違ってきてるっていうのに」

週末の店内は、スーツ姿のサラリーマンで満杯だった。騒がしいところなので、落ち着いた話などできるわけもないが、久々の再会をなつかしむはずの席で怒濤《どとう》のように仕事の愚痴を聞かされると思っていなかった進一は閉口する。

「……塩崎は必要な工数なら認めるよ。ただおまえが譲歩しないような態度をとってるからだろ」

「グループ会社のくせに本体の要望に応えないのは生意気だっていいたいのか。こっちはなんでもやれといわれればやるけど、ちゃんと実態は把握してもらわなきゃ困る。……開発の三田さんにはにこやかにプレッシャーかけられてるし」

「にこやかにプレッシャー？」

「あのひと、営業やコンサルタントには『僕たちはできるかぎり要望には応えるよ』っていうんだけど、開発の部下の前では『あいつら、無能か』ってユーザーと折衝に当たる人間を罵《ののし》ってるんだ。徹夜が続くと、時々真夜中に担当営業の名前をぶつぶつ呪いの言葉のように呟きつつパソコンに向かってるって」

進一はこらえきれずに笑いを洩らした。先日、打ち合わせで顔を合わせた三田は神経質そうな真面目な男に見えたのだが。

七海はふーっとためいきをつく。

「俺も、少し前までは開発だったから三田さんの気持ちはわかる」

「そうなのか？　同じグループの会社にいたなんて、まさか思いも寄らなかったよ。ほかのやつからも全然聞かなかったし」

「グループ会社になったの、二年前だろ。そっちに買われたんだ。入社したときはほかのＩＴ大手の傘下だった」

ＩＴ部門を強化するということで、重機械メーカーである本体が、『ノヴァシステム』の経営権を取得したのだった。進一は新卒で入社したまま、転職をしていない。七海は一度転職して、『ノヴァシステム』に入社したらしい。進一と同じグループの会社になったと知ったとき、七海はどう感じたのか。いままで連絡をとってこなかったのだから、自ら関わりになりたいとは思わなかった。こうして仕事で偶然出会わない限りは——そういうことだろう。

その経緯を考えると、進一は少し気まずくなる。七海もいったん黙り込んで、ビールのグラスをあける。

「会社のことはどうでもいい。忘れよう」

そうだな、と頷きつつも、仕事の話をしないとなると、いきなりなにを話していいのかわからなくなった。もしかしたら、七海はこの居心地の悪さが予測できていて、席に着くなり愚痴をいいはじめたのか。

「進一は、元気?」

「元気だよ。見てのとおり」

「——だな」

頷いてから、七海は笑いはじめる。

なんだよ、と文句をいいかけて、七海のテーブルの上に載せた手が緊張したようにぎゅっと握りしめられているのに気づいた。

七海はまいったなと呟き、目をそらして笑う。

「駄目だ。久しぶりだと、なにを話していいのか、わからなくなった。……進一相手に照れるなんて、終わってるな」

自分も同様に感じていたことをストレートに口にだしてもらったおかげで、進一は却って楽になった。そうだ、この感覚だ——と昔を思い出す。なんだかんだいって七海は正直なのだから、こちらが変に身構える必要はないのだ。

「いいだろ。なにも話さなくても。こうやって飲むのは久しぶりなんだから。一緒に飲めるだけでも楽しいよ」

七海が目をぱちくりとさせて視線を戻す。

「すごい殺し文句だな」

「なんで？　べつにいいよ。黙ったままでも。なにか美味《うま》そうなもの頼んで、今日は黙々と食べよう」

進一がメニューを手にとると、七海が笑いながらそれを奪いとった。

「今夜はおまえのおごり？」

「仕方ない」

「じゃあ好きに頼む」

なにも話さなくてもいい——と開きなおってしまうと、リラックスしたせいか、他愛ない話を口にできた。

「七海と仕事で一緒になったっていったら、雪菜がきっと喜ぶよ。『七海くんは元気なのかなあ』って、いまでも思い出したようにいってるから」

「あの子、いま大学生？　かわいくなっただろうね。……元気？」

「元気だよ」

「なつかしいな。覚えてる？　あの子、俺が高校のときにバレンタインのチョコレートくれたんだよね。手作りのやつ」

そんなこともあった。まずは七海という名前がかわいいと騒いで、小学生の目から見ても綺麗なお兄さんである七海に、妹の雪菜は憧れていたのだ。

「兄の俺も、本命にあげるための手作りチョコの失敗作の詰め合わせをもらってたけど」

「失敗作？　雪菜ちゃん、お兄ちゃん大好きっ子だったじゃないか」

「大好きでも、所詮《しょせん》兄だから。扱いは酷《ひど》いもんだよ。下僕のちょっと上くらいかな」

「なんなんだ、下僕って。そりゃ進一が甘やかすからだろ」

再会して初めて、七海が心から笑っているように見えた。そういえば一人っ子で子どもに慣れてないだろうに、家に遊びにきたときに雪菜がしつこくまとわりついても七海はいやな顔を見せなかったことを思い出す。

「進一はいまも実家？」

「いや、一人暮らししてる。おかげさまで、一昨年、母親に人生の春がもう一回きたから」

「再婚したの？」

「そう」

いったんしゃべりだすと、近況報告だけでも話題はつきなかった。六年以上連絡をとってなかったのだからあたりまえだ。

七海はいくぶんアルコールを摂取するペースが早めだった。

雰囲気をよくするために飲んでいたことがわかっていたので、進一は「もうやめておけ」というタイミングを逸してしまった。店を出るときには、七海はかなりふらついている状態だった。

「平気か？」

まだかなり冷たい三月の夜風にあたりながら、進一は隣を歩く七海にたずねる。七海は『平気平気』とうたうような声でくりかえす。

「進一は？　ここから電車なに？」

「JRだけど……」

「一緒だな。よかった」

さて、どうしようかと進一は考える。最寄り駅を聞いてみると、進一のほうが先に降りなければならなかった。電車に乗せずにタクシーで家の前まで行かせたほうがいいのか。

「七海。タクシーで帰るか。電車に乗ったら、俺が降りたあと、そのまま眠るだろ？　その調子じゃ」

「平気だ。一緒の電車に乗る」

「だけど、それじゃ……」

「――大丈夫」

頑固にいいはるので、進一は仕方なく七海を連れて駅の改札を通った。

ホームを歩きながらよろめく七海のからだを「おい」とあわてて支える。線路に転落でもされたらたまらない。

「七海、しっかりしろ」

「……平気だよ、平気」

七海も上背はあるので、百八十センチある進一よりもわずかに目線が低い程度だったが、肩を支えると、明らかに骨格のつくりがだいぶ華奢《きゃしゃ》だった。

そのからだの線の細さを腕に感じた途端、支える手に力をぐっと込めて、自分のほうに引き寄せてしまった。相手を庇う条件反射のようなものだった。

「――」

ぼんやりとしていた七海が、はっと瞬きをくりかえして進一を見る。冴えた目つきに、進一はとっさにいいわけのように言葉を押しだす。

「……線路に落ちそうだったから」

「そうだな、危ない」

妙に真顔になると、七海は疲れたように嘆息した。すぐに顔をそむけてしまったが、その目元はかすかに赤く染まっていた。

ちょうど電車がホームに滑り込んできた。車内はまばらに座席が空いている程度だったので、進一は七海を座らせてその前に立った。七海は気難しげな顔をしてうつむいていたが、目を閉じているうちに眠ってしまったようだった。

七海のからだが電車の振動に合わせて揺れ、やや右側に斜めになった。

どこかで見たような光景だった。学生時代、七海がつぶれたときに面倒をみるのは進一だった。以前と同じ役目が戻ってきただけのことだ。

七海はそれほど酒が強くはない。いつもはセーブしているのに、どうしても飲み過ぎるときは彼が精神的に落ち着かないときだと知っていた。

男にしては長い睫毛《まつげ》が、白い肌に翳《かげ》りを落とすように揺れていた。学生の頃は毎日のように一緒にいたからさほど意識しないようになっていたが、こうして久しぶりに見ると、たしかに周囲が話題にするのも納得するほど綺麗な男に違いなかった。

ぼんやりとしているあいだに、進一の降りる最寄り駅が近づいていた。七海はすっかり寝入っている。自分が降りたら、やはり終点まで寝ているのではないか。

「――七海」

進一が頭をつつくと、七海はうるさそうに顔をしかめる。

「もうすぐ駅だから」

「……ああ……」

返事はするものの、目を閉じたままで、心地よさそうな寝息が口から洩れる。

もしかしたら飲んでいるときから、七海はリラックスしたように見えても相当に緊張したままだったのかもしれない。学生時代と同じように振る舞おうとすればするほどに疲れて、いまやその疲労がピークに達して眠っているように見えた。

なにをやっているんだろうな、と、進一はつり革に摑《つか》まったまま小さく息を吐く。

長い時間が経っているだけに、楽しかった記憶だけが鮮やかに思い起こされて、痛みは薄れてしまった気がしていた。

だが、薄まっても、確実に存在している。再会してから、七海が見せる微妙な反応のなかに、自分がふと言葉に詰まってしまう瞬間に——消えるわけはなかった。なにもなかったことにできるわけもない。

ひょっとして、自分は無神経なことをしているのだろうか。

◇◇◇

七海と竹内の噂を聞いたとき、そんな馬鹿なことがあるはずがないと頭のなかで否定しつつも完全に打ち消せなかったのは、ふたりのあいだにある妙な空気に気づいていたからだった。

竹内は寡黙な男だった。だからこそ、大木がつまらない噂をたてやすかったともいえる。愛想がないくせに、彼はなかなか精悍《せいかん》な顔つきで、女子には人気があったからだ。

「俺、ああいうタイプが一番むかつくわ」

そういう男連中も多かったが、進一はそれなりに好感をもっていた。サークルのイベントのとき、面倒くさい役割をいつも引き受けてくれたからだ。

誰に対しても口数が少ない竹内にとって、唯一例外なのが七海だった。

「一ノ瀬」

竹内は七海にだけは自分から話しかけていた。七海はそれなりに顔が広かったから、竹内と特別親しくしている雰囲気ではなかったが、竹内にとって七海が特別なのは明らかだった。

大木に「デキてる」といわれてからは、竹内が七海を呼ぶ声が少しばかり癇《かん》にさわるようになった。「一ノ瀬」とぶっきらぼうに呼ぶ声にどこか甘いものが含まれている気がしてならなかった。

進一は七海を問いただせなかった。もしほんとうだとしても、七海が話してくれないなら、自分には知らせたくないのだと判断するしかなかったからだ。たんに事実を知りたくなかったのかもしれない。いっそ竹内に「大木が変なことをいっているけど」と確認しようかと考えたこともあったが、実行に移せずに終わった。

なぜなら竹内は三年の暮れに田舎に帰ったきり、大学を辞めてしまったからだ。父親の事業が失敗して多額の負債をかかえ、学業を続けることができなくなったので、そのまま地元で就職する予定だという話が伝わってきた。

進一たちも就職活動の最中で、ひとのことを気にしている余裕がなかった。相手がいなくなったことで、大木から聞いた噂は進一のなかでたいした重要度をもたなくなった。

竹内がいなくなっても、七海はとくに気落ちした様子もなかった。進一の手前平気なふりをしているだけかもしれなかったが、そこまで穿《うが》って考える必要もなかった。

竹内の話題が再びのぼったのは、就職の内定もとれ、残りの大学生活を平穏に過ごしていた四年の夏だった。

「竹内が夏休みにこっちにくるって──進一、一緒に飲みにいかないか」

七海からそう声をかけられたとき、忘れていたはずの亡霊が甦ったような、いやな胸のざわつきを覚えた。聞けば、大学を中退してからすぐに地元で働きはじめて、盆の休みに東京に遊びにくるらしかった。

「サークルのみんなで?」

「ううん。俺が誘われただけだから。よかったら、進一も」

自分が誘われただけなのに、進一にも声をかけてくるには、それなりの理由があるだろう。正直なところ、積極的に会いたいとは思わなかったが、七海がきてほしいと考えているのが伝わってきたので同席することにした。

「――久しぶり」

約束の居酒屋に現れた竹内は、七海に声をかけられると「ああ」と頷いた。進一が一緒にいるのを見てわずかに落胆したような顔を見せたものの、そのことについてはなにもふれようとしなかった。相変わらず口数の少ない男だったが、働きはじめて社会に出たせいか、以前よりも表情はやわらかくなっていた。

進一が危惧したような事態はとくに起こらなかった。竹内はなつかしそうに目を細めて、七海と進一に地元に戻ってからの生活を淡々と語った。

七海も普段と同じようにやさしげに見える綺麗な顔で少しきついことをいったり、くだらないことをいったりして笑っていた。

不自然なことはなにもない。だが、一緒のテーブルについていて、進一は自分だけが疎外されているような違和感を覚えた。以前はこんなことはなかったのに。

明らかに七海と竹内のあいだでひそかに通じ合っているものがあるような気がした。それが親密な情であるとは限らないにしろ、ふたりには秘密があった。

別れるときには、無愛想だった竹内が「じゃあ、元気で」と微笑みを浮かべて手をあげて去っていった姿が印象的だった。苦労したせいで変わったのかと思ったが、七海に対しては以前からそうだったのかもしれないと思い当たった。

もしふたりが特別な関係だとしたら、わざわざ七海が進一を同席させた理由が謎だった。

その晩は遅くなったので、進一は七海の一人暮らしのアパートに泊めてもらった。部屋に帰りついた途端、七海は沈み込んだ様子になった。

学生時代、七海が住んでいた部屋はワンルームで、お世辞にも広いとはいえなかったが、狭い空間にふたりでいても気詰まりではなかった。だが、その夜の七海からはぴりぴりしたものが漂ってきた。

進一はますます解せずにどうして自分を同席させたのかとたずねると、七海はあっさりと答えた。

「竹内とふたりきりはマズイと思ったから」

七海と竹内がつきあっているわけではなくて、竹内が一方的に七海に想いを寄せているのか。もしそうだったら、少しあやしい噂がたつのも、竹内の態度も、七海がふたりきりにならないように進一を呼んだのにも説明がつく。

理解できそうな状況を想定して初めて、進一はその問いかけを口にした。

「大木から聞いたんだけど……」

以前から気になっていた噂をたしかめようと大木の名前をだした途端、七海の表情がこわばった。

「なに？」

尖った声に、進一は問いただすのを一瞬迷ったほどだった。聞きたくない内容を聞かされそうな予感がした。

「七海が竹内とつきあってるって……馬鹿馬鹿しいかもしれないけど」

「大木のいうこと？　信じた？」

七海は進一の表情を窺《うかが》うように上目遣いになって、すぐに目をそらした。事実無根だと否定されるのを期待していたのに、次に七海の口から飛びだした言葉は想像を遥かに超えるものだった。

「つきあってはないけど——竹内とは一回寝たよ」

横を向いたまま、七海は早口にそう告げた。瞬時に意味がつかめず、進一は唖然《あぜん》とした。

「寝たって？」

「一回だけだよ。そういう約束だから」

七海はすでに口にしたのを後悔したように、うるさそうに答える。進一は瞬きをくりかえすしかなかった。

「なんでそんなことになったんだ？」

「——なんでっていわれても」

困ったように笑いを洩らすさまを見れば、七海のなかでもそれは整理できていない出来事のように思えた。

竹内とつきあっている、実はゲイなんだ、と告白されたほうがまだわかりやすかった。親友が、男の友人とつきあっているわけでもないのに寝たという事実が飲み込めない。ただひたすら茫然としてから、じわじわとわきあがってきたのは得体の知れない憤りだった。

「どういう理由で?」

詰問する口調になったのは、竹内に無理強いされたのかと勘ぐったからだった。七海の性格なら、彼を庇ってはっきりといえないのかもしれない。

進一がいいたいことを察したのか、七海は「違うよ」とかぶりを振った。

「無理矢理どうこうされたわけじゃない」

その回答で一気に背中に冷たいものを浴びせかけられた気分になった。はっきりと質問の答えをもらっているのに、自分のなかに受け入れられない。焦燥と憤怒がわけのわからないままに腹の底で混じり合う。七海の口から、もっと違う答えが欲しかった。たった一言でいい。本意ではなかった——と。

「なんで?」

平板にくりかえす進一を、七海はわずかに睨むように見てから、どこか苦しげに呟く。

「——だって、好きだっていわれたんだ」

再び進一から目をそらして、七海は眉間に皺をよせ、唸《うな》るように声を絞りだす。

「あいつ、俺のことを好きだっていうんだよ。ずっと好きだったって。……そしたら、ことわれないだろ。大学やめて、田舎に帰るっていってるやつに……普段は取り乱さないようなやつに、必死な顔ですがりつかれたら。一回だけでいいっていうし」

寝た——という行為は理解できなかったが、そこに至る経緯は納得した。

七海らしいかもしれなかった。要するに泣き落とされたのだ。しかし、いくら同情したとしても、男と寝る行為はあまりにもハードルが高すぎる。

「進一だって、もしそうやって女の子に思い出づくりしてくださいっていわれたら、ことわれないだろ」

七海はそう切り返してきた。たしかに否定できなかったが、考えるのは可能でも、進一には無理なような気がした。

とはいえ、いつもなら「そういう考えかたもある」と妥協点を見つけて、相手の立場をなんとか受け入れるのが本来の進一のスタンスのはずだった。なぜ、そのときは違っていたのか。

一片も認めたくなくて、気がついたら、進一は七海を鋭く睨みつけていた。

「俺はそんなことしない。却って相手のためにならないし、無責任だろ」

「無責任？　相手がそれでいいっていってるのに？」

進一の反応は、七海にとっても意外なようだった。困惑したような色を瞳に浮かべつつ、負けじと睨み返してきた。しかし、進一も引かなかった。

「一回だけっていっても、期待させるかもしれないじゃないか。それでまた傷つける。だいたい今夜、竹内がきたのだって、おまえに期待したからじゃないのか。だから、俺を同席させたんだろ。受け入れられないなら、最初からそんなことするべきじゃないだろ」

図星だったのか、七海は一瞬怯《ひる》んだように見えた。だが、すぐに「は——」と馬鹿馬鹿しいように笑いだす。

「一回だけでもいいって——必死にそう願うことだってあるんだよ。いいかげんわかれよ」

「わかるわけないだろ」

「だいたい進一に関係ないだろ。俺が誰となにしようと」

「関係ない？」

そのとおりだ。関係ない。それなのに抑えようとする声の端々からにじみでる、この不快な感情はなんなのか。

睨みあって、先に視線をそらしたのは七海のほうだった。ためいきをついて前髪をくしゃくしゃにかきあげる。

「……ったく、なんで進一とこんなことでいいあわなきゃいけないんだ。俺だって、あとから考えたら『どうしてなんだ』って首をひねるような行動をすることもある。それをいちいち責められたくない」

「——」

「誰が悪いわけでもないんだから。……俺だって、興味があったんだ。もうやめてくれ。酷い目にあったわけでもないのに」

たしかに本人同士が納得しているのだから、進一が憤る筋合いではない。無理強いされたのかと疑ったから問い詰めたものの、合意の上ならなにもいえない。

頭ではわかっているのに、なぜ割り切れないものを感じるのか、進一にも理解できなかった。だからこそ引っ込みがつかない。この昂ぶりをどう収めればいいのか。先ほど例にだされたように、もしこれが竹内ではなくて七海に想いを寄せている女の子だとしたら受け入れられたのか。

「……なら、なんで俺にいうんだ。黙っておけばいいのに」

「――」

七海は一瞬押し黙り、静かな表情のまま微笑んだ。

「……期待したから」

なにを――と進一が問いかけるのを遮るように七海が言葉を継いだ。

「進一は俺が竹内に強引に襲われたんじゃないかって考えたんだろ。でもそうじゃないから。それだけははっきりいっておく。安心してくれ」

先ほどいいあったときにはかなり興奮していたが、すでに七海の顔は平静に戻っていた。

本人が落ち着いているのに、進一がこれ以上騒ぐのはおかしな話だった。なにも怒る理由がない。

それなのに得体の知れない腹立たしさは心の底でくすぶりつづけていた。七海に対してではない。爆発する機会を逸してしまったような、どこに向かっているのかわからない奇妙な熱と疼き。どうしてこんなに――。

「ほんとに、竹内と……?」

七海は「――ん」と短く頷いただけで、それ以上は語らなかった。進一も詳しくたずねる気にはなれなかった。

好きだといわれて、同情して拒絶できなかったというのは七海らしいのに、同時にもっとも七海らしくもない気がした。つけこんだ竹内がひたすら憎らしく思えてくる。

いくら同情しても、男と寝れるのだろうか。七海はもともと竹内に好意を抱いていたのではないのか。たとえ竹内の求めるような関係にはなれないとしても。

その点だけは間違いなかった。七海は、誰にでもいい顔はしない。駄目なものは駄目だ。だから、七海にとって竹内は少なくとも……。

そこまで考えたところで、消化しきれない感情の塊を吐きだしそうになるのを堪えるために、進一は呟く。

「――俺は、無理だ」

「なにも進一に竹内と寝ろっていってるわけじゃないだろ。気にするなよ。何事も経験だと思えば、そんなに悪くなかったよ。進一に聞かせるべきじゃなかったな」

七海は「あーあ」と天井を仰いだ。

「馬鹿だな、俺は——肝心なところで嘘がつけない」

うつむいたとき、七海の口許はかすかに笑っていた。だが、前髪に隠れていたので、目の表情までは見えなかった。ぽつりと小さな声がつけくわえられる。

「ほんとに馬鹿だ」

3

　せっかくの休日の土曜日だというのに、午前中の十一時には妹の雪菜《ゆきな》の来訪で叩《たた》き起こされた。

　前の晩は七海《ななみ》と飲んで帰ってきてから、なんとなく落ち着かずに眠れぬまま明け方までたまっていたレコーダーの録画番組を見ていたので、進一《しんいち》は恨めしい気持ちでドアを開ける。

「……なんの用なんだ」

「ごめん。まだ眠ってた？　お兄ちゃんにごはん作ってあげようかと思って」

　妹の雪菜は進一に似ていて、すらりと背が高い。化粧をしている顔を見るともう立派な大人なのだが、十歳も離れていると、無条件に甘やかしてしまうのが進一の悪い癖だった。

　顔立ちも進一そっくりなので、血縁を感じてかわいいと思うと同時に、わがままをいわれると自分がみっともない真似をしているみたいで情けなくなる。

「ごはん？　おまえの作る食事なんていったい何時間かかるんだ」

「失礼なことというなあ。忙しくて、たいしたもの食べてないっていったでしょ？　だから栄養の偏りを正すためにきてあげたのに」

雪菜は両手に下げていた大きなスーパーの袋を進一に「はい」と押しつけると、部屋のなかに入ってきた。

この時間にくるということは、おそらく夕方からは友達と約束があるのだろう。ブランチを作ってくれるつもりできたのだろうが、それにしては買い物が大量だった。

「俺はおまえの食事ができるまで待ってなきゃいけないわけ?」

「できれば、そうして?　コーヒーとクラッカーでもつまんでおけば、お腹ももつよね?」

進一は「はいはい」とあきらめて、コーヒーを淹《い》れるためのケトルをガス台にかけた。

雪菜はハミングしながら買い物袋の中身をとりだして整理している。容姿は大人っぽくなっても、中身は子どもの頃とさして変わっていないような気がした。相変わらず自分のペースで進一が動くと思っている。

ガス台の前で突っ立っていると、雪菜が隣からなにかいいたげな目をちらちらと向けてきた。

進一はしばらく気づかない振りをしていたが、執拗《しつよう》な視線に負けてたずねる。

「なにか俺に要求したいことでも?」

「お兄ちゃん、全然家に帰ってこないね。お母さん、淋しがってるよ」

「忙しいから」

「たまには顔を見せたほうがいいよ。いつなら帰ってこれる?　日にち決めなきゃ、どうせ動かないよね」

雪菜は約束をとりつけるのが訪問の目的だとでもいうように、進一に「ねえ、いつ?」と冷蔵庫に貼ってあるカレンダーを示して見せる。

「そうだな……」

母親の再婚と同時に家を出た進一に、雪菜としては気を遣っているつもりらしい。実家に電話はたまにしているが、当の母親は感傷とは無縁のバイタリティのあるひとなので、息子の独立を素直に喜んでいて、雪菜がいうように淋しがっているとはとうてい思えないのに。

進一が実家に足が向かないのも雪菜に心配されるような理由ではなくて、たんにいったん家を出てしまうと、帰るのが億劫《おっくう》になっているだけなのだが、こうして気にかけてもらうのは悪い気分ではなかった。

「じゃあ、この日に帰る」

進一がカレンダーの日にちを指さすと、雪菜はぱっと笑顔になった。

「お母さんにいっておくね」

進一は「ああ」と答えながら表情をゆるめる。相変わらずどうしようもなく我が儘《わがまま》だと思うものの、後輩の岩見《いわみ》に「妹の態度が改善されてきた」といったのは、こうやって甲斐甲斐《かいがい》しく実家と兄の仲をとりもとうと努力しているところがかわいいからだった。

雪菜は「さて」と再びキッチンに向き直って、腕まくりをしてみせた。

「なにつくってくれるんだ？」

「——んーとね、肉料理。ネットのレシピで美味しそうなのあったから。大作っぽく見えるけど、調理方法は簡単そうなんだ。メインは牛の塩竈焼《しおがま》き」

土曜日の午前中から牛の塩竈焼き。明らかに栄養が偏っている兄のために作るものではなかった。ほかにあげてくれたメニューもボリュームがありそうなものばかりで、進一はうんざりと息を吐く。

「雪菜……。俺はもうおまえが彼氏に手料理つくるための実験台になるのはいいかげん疲れたんだけど」

「変なこといわないで。美味しそうなメニューだったから、お兄ちゃんにも食べさせたかったんだよ」

きっぱりといいきられると、たとえ見え見えの嘘であっても、「ありがとう」といって引き下がらざるをえないのが兄の弱いところだった。

「待っててね。美味しいの作ってあげるから」

「期待してるよ」

進一はコーヒーを淹れてから、キッチンをあとにする。

のんびりとしたかったが、雪菜がいてはそれは不可能だった。洗濯をするか——と、リビングの窓から差し込む陽光に目を細める。

進一の部屋は広めの1LDKだった。東南の角部屋なので陽当たりだけはとにかくいい。踵《きびす》を返しかけたところで、リビングのテーブルに置きっぱなしだった携帯がメールの着信を知らせた。

七海からのメールだった。面倒をかけたことへの詫《わ》びと礼が書かれている。昨夜、電車のなかで七海が起きそうもなかったので、進一は自分の最寄り駅では降りずに、七海の駅まで一緒に乗っていった。まだ終電まで時間は充分にあったので、七海を起こして電車を降り、マンションの前まで送っていってから、自分の最寄り駅に戻ってきたのだ。

『ありがとう――世話かけてごめん』

短いメールを読み返しながら、進一は昨夜の引っかかった出来事を思い出していた。

七海はかなり酔っていたので、進一がマンションについてきても「ひとりで帰れるのに」とうるさそうな顔をしたままだった。

エントランスのところで、ちょうど七海を訪ねてきたという男と鉢合わせした。七海は一瞬で酔いもさめたように鋭い顔つきになって「なにしにきたんだ」と詰問したが、男は「借りたものを返しにきたんです」と飄々《ひょうひょう》と返した。進一よりも少し若い――後輩の岩見と同世代かと思われるぐらいの、やわらかい面立ちをした眼鏡《めがね》の青年だった。

男は少し話したいといったが、七海は不機嫌な様子で「気分が悪いから」とにべもなくことわった。結局、男も進一も部屋にあげてもらうことはなく、閉じられたドアの前でなんとなく顔を見合わせる羽目になった。そしてそのまま駅までの道を一緒に歩いて戻ってきたのだ。

（僕は笹川尚之《ささがわなおゆき》といいます）

男は七海の前の会社の同僚だと自己紹介した。眼鏡の奥の甘い目許は品が良く、悪い人間には見えなかった。進一が学生時代の友人だと名乗ると、相手は驚いた顔をした。名前に聞き覚えでもあるように、やけに興味深げな視線を向けられた気がしたが、意識のしすぎだっただろうか……。

メールを見ると、七海もいま起きたところらしかった。少し迷った末に、進一は電話をかけた。

「――昨夜、大丈夫だった？　だいぶ飲んでたから、気分悪かったろ」

進一からの突然の電話に、七海はうろたえたようだった。『ああ』と答えたきり、しばらく沈黙が続いた。

『……俺は大丈夫だよ。わざわざ、どうしたの』

どことなく固い声は、まるで電話してくるなと告げているようだった。

「気になったからさ」

『なにが？』

電話をかけたのは、昨夜の男が妙に気にかかったからだ。竹内《たけうち》の件があるせいか、どうもただの元同僚とは思えない。なにかトラブルでも起きているのかと無意識のうちに考えていたのだが、七海にしてみれば大きなお世話に違いなかった。

「いや――」

対面式のキッチンカウンターから、雪菜が進一に好奇心いっぱいの視線を投げかけているのに気づいた。その口許は、「彼女？　ねえ、電話の相手、彼女？」とくりかえしている。

進一はためいきをついて「ちょっと待って」と七海に伝える。

「――七海だよ」

案の定、雪菜は「え、七海くん？」と調理の手を止め、カウンターから出てきて駆け寄ってくる。

「七海。ごめん。雪菜がきてるんだ。少し話したいって。いい？」

七海が「いいよ」と答えたので、進一は携帯を雪菜に渡した。

「お久しぶりです。雪菜です。……うん、なつかしいね。七海くん、全然うちに遊びにこなくなったから、どうしたんだろうってお母さんといつも話してたんだよ。……え？　仕事で……？　うん、わかるけど――」

数年ぶりだというのに、ふたりの会話は弾んでいるようだった。進一は楽しそうに話している雪菜から離れて、洗濯をするためにバスルームに行った。

あの男が気になった――。

だからといって、進一になにができるのだろう。もうこれ以上は踏み込むべきではない。竹内のときと同じだった。中途半端に隠していた気持ちを引きずりだして、相手を傷つけてしまうだけ。

「──お兄ちゃん、電話。ありがとう」

しばらくすると雪菜が携帯を返しにきた。

「話して満足した？」

「うん。すごくなつかしかった。会うのが楽しみだね」

そう、と適当に相づちを打ちかけながら洗濯機に洗剤を入れたところで、進一は「え」と動きを止めた。

「おまえ、会う約束したのか」

「聞いてみたら、同じ沿線に住んでるっていうから。いま、豪華なお昼ご飯作ってるから食べにきてって誘ってみたの。七海くん、『行くよ』っていってくれたよ」

「あいつはここの場所、知らないはずだ」

「うん。それ聞いた。偶然、仕事で再会したばっかりなんだってね。住所教えておいたから。わからなかったら駅に降りてから電話するっていってたし」

進一の顔色が曇ったことに、雪菜は即座に気づいたようだった。

「呼んじゃ駄目だった？　お兄ちゃん、七海くんと喧嘩《けんか》でもしてるわけ」

「そうじゃない」

いまの距離感をどう説明すればいいのか。

再会して、できれば昔みたいに友人づきあいをしていきたいと思ってるが、相手がほんとうにそれを望んでいるかどうかはわからない。

昨夜はとりあえず飲みにいったが、誘われれば一回ぐらいはことわれないだろう。だが、今日の雪菜の誘いを受けたということは、関わるのを拒絶されているわけではないのか。どちらにしろ微妙な事情を雪菜に伝えるのはためらわれた。

「お兄ちゃん、七海くんと仲悪くなったの？」

「社会人になってから、少し疎遠になってただけだよ。気にするほどじゃない」

もっとしつこくたずねられるかと思ったが、雪菜は「ふうん」と頷《うなず》いたままそれ以上は追及しなかった。

料理が出来上がるのを見計らったように、七海は午後一時近くになってから現れた。進一との電話ではあまり機嫌がよくなさそうだったものの、「お邪魔します」と部屋に入ってきたときには愛想のよい笑みを浮かべていた。

「七海くん、お久しぶりです」

待ちかまえていた雪菜が挨拶《あいさつ》すると、七海は目を細めた。

「雪菜ちゃん？　見違えたよ。大きくなったね。ますます兄貴にそっくりになって」

「え——」

ショックを受けたように雪菜の顔がこわばるのを見て、七海はおかしそうに唇の端をあげる。

「進一みたいに格好いいお兄ちゃんに似てるっていわれて嫌なのか」

「格好いいかどうか知らないけど、久々に顔見て、『兄貴そっくり』ってショックだよ」

「男兄弟に似てるってことは、美人さんタイプになったってことだよ。綺麗になった」

「七海くんて、昔からやさしく笑って、意地悪を平気でいうからなあ」

「雪菜ちゃんの前でもそんな酷《ひど》い態度とってたっけ？　本性ばれてたのか」

「うん、とっくにばれてた」

ふたりは顔を見合わせて笑う。

家によく遊びにきていた頃に一気に時間が逆戻りしたようだった。七海は進一といるよりも雪菜を前にしているほうが生き生きとして見えた。少しばかり複雑だったが、緊張をとかすために飲み過ぎてつぶれる七海を見るよりはましだった。

雪菜のおかげで、その日は進一も妙な意識をせずに七海に接して過ごすことができた。なかなか楽しい時間だったが、夕方の四時過ぎになると、雪菜は案の定約束があるといって帰って行った。

雪菜がいなくなると、部屋のなかは一気に火が消えたようだった。静まり返ったなかで、はりつめた空気がどことなく気まずい。

七海は黙ったまま所在なさげにソファに座っていた。雪菜と一緒に席を立てばよかったのに、帰るタイミングを逸してしまったように見えた。

「——ごめん。雪菜がいきなり呼び出して、いろいろとつきあわせて」

「いや。ごちそうになっておいしかったよ。雪菜ちゃんにも久しぶりに会えて楽しかったし。進一は相変わらず雪菜ちゃんと仲いいんだな。お兄ちゃんのためにあんなに料理してくれる妹なんてなかなかいないよ」

「いいように実験台にされてるだけだよ。あれ、彼氏に作ろうと思ってるメニューなんだ。しかも、材料費、あとでちゃっかりこっちに要求してくるし」

「それにしたって仲いいよ。甘えてるんだろうから」

「調子ばっかりいいから、心配でしょうがないけどな」

嘆息する進一を見て、七海はおかしそうに噴きだした。

「進一もいいかげん子離れしたら？　子育てに疲れたお母さんみたいな顔になってるよ」

「自覚してるから、家を出たんだよ。俺もそろそろ誰かに世話をやいてもらわないと」

「頼るより、頼られるほうが好きなくせに？」

あっさりと見抜かれて、進一は眉《まゆ》をひそめる。たしかにそのとおりで、好きでやっていることなのだ。

「また甘えん坊の彼女でもつくればいいんだよ。それとも、もういるの？」

あまりにさりげない問いかけだったので、応えるのに一拍間があいた。七海はたいして関心もなさそうな顔つきをしていた。

「いないよ、いま」

「そうか」

普通の会話の流れなら、「そっちは?」とたずねるべきだろう。

「七海は?」

「俺は前につきあってたやつがもう一度やりなおそうっていってきてるけど、そのつもりはない」

てっきり「いる」とか「いない」とかだけ短く答えるかと思っていたのに、具体的な話をされてとまどった。

つきあっていたやつ——女なのか男なのか。

昨夜の笹川という男の顔が思い浮かんだ。相手は彼なのではないのか。

「やり直さないの?」

「一度失敗したものは、無理だよ」

胸に突き刺さる台詞《せりふ》だった。暗に過去の出来事は忘れてくれと再度訴えているようにも聞こえて、進一は言葉を呑み込む。

七海はあらためて部屋のなかにゆっくりと首をめぐらせた。つきあいがあった頃は、進一は実家暮らしだったから、一人暮らしの部屋に興味があるようだった。ひととおり眺めたあと、

「実家と同じく綺麗にしてるね、進一らしい」と感想を洩らす。

「また進一の部屋でこうやってのんびりと過ごすことがあるなんて思わなかったな。人生ってなにが起こるかわからないもんだ」

雪菜のおかげで、七海は昨日飲んでいるときよりもだいぶくつろいでいた。無理に以前と同じように振る舞おうという気負いもないのを見て、進一はひそかに胸をなでおろす。

「俺は七海に会えてよかった。ずっとどうしてるのか気になってたから」

「――」

七海はどこかぼんやりしたような、感情の読めない表情を進一に向けてきた。ややあってから、不味《まず》いものを呑み込んだように苦い笑いを見せる。

「……ほんとに相変わらずだな。進一らしくて、安心する」

皮肉げにも聞こえる台詞に、進一は再度言葉に詰まる。七海はとぼけた様子で「さて、と」と立ち上がった。

「そろそろ帰るよ。今日はほんとに楽しかった。雪菜ちゃんによろしく。御礼いいたいから、メールか電話番号教えてもらってもいいかな」

進一がメルアドと電話番号を教えると、七海は「ありがとう」と礼を述べて玄関へと向かった。

その背中を見ているうちに、まだ話したりないような気持ちが募ってきた。肝心なことはなにも打ち明け合っていない。表面をあたりさわりなくつつきあっているようなもどかしさに、せっかく近づいたと思った距離がまた遠くなっていくような焦燥を覚える。

「七海、今日の夕飯はどうするんだ」

遅い昼食だったので空腹ではないが、あと少しすれば夕食の時間帯だった。進一の問いかけに、七海が意外そうに振り返る。

「なんで？　昼は雪菜ちゃんで、夜は進一がごちそうでもしてくれるのか」

「作ろうか？　簡単でいいなら」

七海はまじまじと進一を見つめたあと、先ほどと同じような苦笑を洩らす。

「ほんとに進一は変わってない。気にしてた俺が馬鹿みたいだ」

やはりこうして話していると、チクリチクリと刺すような痛みを感じる。

進一としては、七海さえ嫌がっていないのなら、以前のように良い友人関係でつきあっていきたい。心の底からそう願っているが、おまえがそれをいうのは傲慢《ごうまん》じゃないのか——という自身の内なる声も同時に聞こえてくる。

七海が大人の態度で接してくれるのをいいことに、無神経すぎるのではないか。進一の側から誘うから気を遣ってつきあってくれているだけで、七海は迷惑かもしれないのに。

「ありがとう。でも、今夜は約束があるんだ」

「じゃあ、また今度ごちそうするよ」

「楽しみにしてるよ。進一の料理も食べたことないもんな」

七海の表情からは言葉以上の本音は窺《うかが》えなかったが、いくら穿《うが》って考えても仕方なかった。そもそも数年ぶりなのだから、手探りになるのは当然だろう。微妙な空気を感じるのはむしろ自然なはずだった。時間をかけていくしかない。

「進一」

玄関で靴を履いてから、七海は落ち着き払った顔をして振り返った。少しずつ昔に戻れたら──と考えている進一の心の内がまるで伝わったように、これからつきあっていくための距離感が彼もつかめたといいたげだった。

「──俺はずっと後悔してたんだ。だから俺も、こうして進一に再会できてよかったよ」

後悔？　なにを？

進一も七海とつきあいがなくなってしまってから、ずっとなにかを悔いていた。だが、自分のそれがはっきりしないのに、相手に「なにを？」とはたずねられなかった。

◇　◇　◇

（……期待したから）

七海が竹内との関係を話したとき、進一にそう告げた意味はわからなかった。竹内の件はふたりのあいだでもタブーのようになっていて、再び話題にのぼることはなかったからだ。

いったいなにを期待されていたのか。

当時、進一はあらためて考えてみることもなかった。七海も考えさせるようなことをいわなかった。ふたりしてわざわざ重い蓋《ふた》をかぶせて封印するようにして、その話題を避けていた。そのほうが友達でいるには居心地がよかったから。

七海と竹内の関係がその後どうなったのかもわからないまま、何事もなかったように月日は流れていった。

重い蓋が再び開けられたのは、学生生活も終わりに近づいた頃だった。大学四年の冬、進一はバイト先の女の子に告白された。思い詰めた顔をして仕事が終わるのを裏口で待っていた彼女は感じの良い子だったが、「ごめん」とことわった。当時はつきあっている相手もいなかったが、もうすぐ卒業してしまうことを考えるとうまくいかない気がしたからだ。

女の子が肩を落として帰っていくのを見送ったあと、すぐに七海に声をかけられた。その日は一緒に七海のアパートで鍋を食べる約束をしていたので、買い物ついでにバイト先まで迎えにきてくれたのだ。

見られただろうかと焦ったが、七海は「これ持って」と食材の入ったスーパーの袋を進一に押しつけるだけでなにもいわなかった。

なんとなく気まずかったが、帰り道でも話題にされなかったし、アパートに着いてからもなにもたずねてこないまま鍋の用意をはじめる七海の態度から、告白された場面は見てなかったんだと判断した。

「――かわいい子だったのに、ことわったの？」

不意打ちでたずねられたのは、炬燵《こたつ》に入って鍋をつつきはじめたときだった。進一は思わずむせた。

「……見てたのか？」

「見てた見てた。色男はつらいね」

鍋の湯気の向こうで七海はからかうように笑った。

「女の子を泣かせた理由は？」

「なんですぐに聞かないんだ」

「落ち着いて話したかったから。進一はモテるのに、彼女あんまり作らないよな。大学入ってから、最初にサークルの子と数ヶ月つきあっただけだよな。高校のときも、ひとりだけだし。一年ぐらい続いたっけ」

「前からずっとつきあってるならともかく、もうすぐ社会人と学生だろ。かまってあげられないし、無理だよ」

「向こうは卒業しちゃうからって告ってきたんだろうに。とりあえずつきあってみればいいのに」

「俺はできない。いいかげんにするぐらいなら、最初からなにもないほうがいい」

頑固にいいはる進一を前にして、七海は少し意地の悪い顔を見せた。

「友達づきあいはいいのに、彼女は面倒なのか」

「面倒じゃないけど、女の子は自分に一〇〇％向き合っていないと、裏切ってるって責めてくるだろ。いまは余裕がないよ」

「それは進一が甘えん坊の女の子ばかり引き寄せるフェロモンだしてるからだろ。良いお兄さんすぎるんだよ。もうちょっと自立してて、さっぱりしてる子を選べばいいのに。進一がその気になれば、いくらでもいる」

竹内の件があって以来、七海と恋愛のからむ話をするのは苦手だった。ひとのことばっかりいうけど、七海はどうなんだ――と切り返せないからだ。

つきあってる相手は？　竹内は男だったけど、七海はほんとはそういうのが好きなのか。高校のときは彼女がいたけど、あれはなんだったんだ。竹内とはあれからまったく連絡をとってないのか。頭のなかに浮かぶ数々の疑問をぶつけられないまま、居心地の悪さだけが積もっていく。

何度かたずねてみようとしたことはあったけれども、七海が巧みに話をそらすので、ふれられたくないことなのだと判断するしかなかった。

「とにかく友達は一〇〇％応えてくれなんていわない。彼女とはまた違うよ」

追及されるのがしんどくていいきる進一に、七海はおかしそうに「たしかにいわないな」と笑いだした。

「俺は進一に一〇％ぐらい興味をもってもらえばいいよ」

七海の台詞に、なぜだかチクリと胸を刺された気がした。どうしてだろう、べつに変なことはいわれていないのに——。

七海は大げさに揶揄《やゆ》するような顔つきになった。

「一〇％じゃ多い？　じゃあ五％ぐらいにまけとくよ」

「なんなんだ、それ」

違和感を打ち消すように笑いを洩らしながら、進一はおどけたような七海の目が奇妙な静けさをもっているのに気づいていた。だが、普段からしゃべりながら考えごとをしているときのくせだと知っていたので、たいして注意を払わなかった。

「卒業したら、進一はどうするんだ？　まだ実家から通うの？　一人暮らしするかもしれないっていってただろ？」

ふいに表情を窺うようにたずねられて、進一は驚いた。話題としては普通だが、七海が聞きにくいことをさぐるような態度を見せるのが解《げ》せなかったからだ。

「なんで？」

「いや、聞いておきたいだけ」

通学に時間がかかるため、飲み会のたびに七海の部屋に泊まっていたので、普段から「進一も一人暮らしすれば?」とはいわれていた。家を出たいのは山々だったが、実際のところは難しかった。母子家庭とはいえ、母親が会社で責任のある仕事を任されているおかげで父親がいなくても経済的な心配はしなくてもよかったが、雪菜はまだ子どもだったし、自分ひとりが卒業したから「はい、さよなら」と自由気ままに過ごせる状況ではなかった。

「雪菜もこれから中学生になって難しい時期だし——どうかな。母親は稼げるようになったら、いつでも出て行けって笑ってるけど」

「進一のお母さん、逞《たくま》しいからな」

「雪菜とふたりきりになるのと、俺がいるのとじゃ、精神的な負担は違うだろ」

「孝行息子はいうことが違うな。そうか。……じゃあ無理か」

ためいきをついてみせる七海に、進一は首をひねった。どうして七海が気にするのか。

「さっきから、なに?」

「進一が家を出るなら、もう少し広い部屋をシェアして一緒に暮らせないかなって考えてたんだ。卒業したら……いまみたいにつるんでるわけにもいかないし。働きはじめはしんどいだろうから、愚痴をいう相手が同居してくれてたら楽だなって」

「ああ——」

思いもかけない提案だったが、もし家を出るのが可能なら悪くない案に思えた。ひとりよりもそのほうがずっといい。

「それもいいな。七海がいやじゃなかったら」

賛同したのに、七海はまるで拒絶されたような複雑な顔を見せた。ショックを受けたような表情に、進一はわけがわからずにとまどう。

「進一は——それでもいいの？」

「いまいったみたいに、すぐには無理だけど、俺がもし家を出るようになったら、七海と同居するのもいいなと思うよ」

「……そうか」

七海の笑顔に再び不思議な静けさが落ちていた。「じゃあ、そのときはよろしく」と話は打ち切られたものの、進一は今度こそ胸に覚えた違和感を消すことができなかった。

七海が自分と暮らすのがほんとうに平気なのかと問いかけているように聞こえたからだ。七海と暮らして不都合などあるのか。高校時代からの親しい友人なのに、そんなことがあるとしたら、理由はひとつしか思い浮かばなかった。

竹内に関わる件——？

竹内との関係について七海は話したくない事柄のように避けていた。だが、もしかしたらあれは一回だけの関係ではなくて、その後もなんらかのかたちで続いているのかもしれない。

そういうことだろうか——？

竹内がいなくなってから、忘れていたはずの胸の重苦しさが甦《よみがえ》る。見たくないものを隠していたはずの重い蓋がわずかに外れる音を聞いた気がした。

その夜は鍋を食べたあと、進一はテレビを見ながら炬燵で眠ってしまった。竹内との件でなにを聞かされても驚かない覚悟だけは決めていたのだが、七海は話そうとする気配もなかった。うつらうつらしてしまったのは、そのまま帰る気にもなれなかったし、微妙な空気から逃れたかったからなのかもしれない。

夜中に目を覚まして時計を見ると、午前三時を過ぎていた。部屋の灯りだけが消えていて、テレビ画面の光が部屋のなかをぼんやりと照らしていた。古い映画が流れていて、ボリュームを絞った音声がぼそぼそと響いていた。

七海は炬燵に入って座ったままでテレビを眺めていた。進一が目を覚ましたのにすぐに気づいて、ゆっくりと視線を巡らせる。

そばにいる進一を見ても、七海はまるで遠くを見るような表情をしていた。途方に暮れた目をしている——と思った。

その目が妙に気になって、事情はわからないながらも七海がなにか悩みを抱えていることが伝わってきた。進一は重い頭を振りながら身を起こす。

「七海は眠くならないのか？　朝まで起きてるつもり？」

「……眠れないんだ」

呟《つぶや》く声も、視線と同じくどこか遠かった。明らかに様子がいつもと違っていた。

「七海?」

進一の問いかけに、七海はしばらく反応しなかった。ややあってから目を伏せて、小さく息を吐く。

「なにが?」

「俺は頭がおかしいのかもしれない。どんなに打ち消そうとしても駄目なんだ」

「……駄目なんだ」

七海はひどく苦しそうだった。

「駄目じゃないよ。いってみればいい。……相談にのるから」

やはりなにか悩みがあるのだろう。てっきり竹内とのことを相談されるのだと思っていた。

七海は竹内に同情して寝たといったが、七海自身も好意を抱いていて、おそらく同性を好きなのだと——一回だけではなく、もしかしたらいまでも連絡をとっているのかもしれない。

だが、七海の口から洩れたのは、思いもかけない告白だった。

「——好きなんだ」

それはタイミングをはかって告げたというよりも、ずっとかかえてきたものがついこぼれてしまったような力の抜けた声だった。

「俺は進一が好きなんだ、だから……」

進一は驚きのあまりすぐには声がでなかった。頭をフル回転させても、その場に相応《ふさわ》しい言葉がなにひとつ浮かんでこない。

七海が俺を好き？　友達という意味ではなくて？　じゃあ、どうして——。

「竹内は——？」

ようやく進一が問いかけた一言は、七海にとってひどく残酷に聞こえたらしかった。大きく見開かれた瞳が、見る見るうちに狼狽《うろた》えたように潤んでいく。

混乱している進一の顔を見てすべてを察したように、七海の表情からざわついていた感情の波が静かに引いていった。暗がりでも明らかに濡《ぬ》れていた瞳がすうっと乾いていくのが見てとれた。

「いまのは忘れてくれ。俺が好きだっていったこと」

七海はいつのまにかやわらかい笑みを浮かべていた。眩《まぶ》しいものを見るように目を細めて、わざと穏やかな笑みをつくっているような笑顔だった。口許だけがわずかにゆがみ、やっとのことで声を絞りだしたというように語尾がかすれている。

「頼むから忘れてくれ」

下手な言葉をかけたら、あやうく保たれている七海の表情が崩れてしまうのがわかった。笑顔に反して、肩がいまにも泣きだしそうに震えている。

ふれてしまったら、傷口から致死量の血があふれだす。

ひどく緊迫した場面なのに、夢のなかにいるみたいだった。痛みまで麻痺《まひ》してしまったように、その告白には現実感がなかった。

4

「この前、進一が夕飯ごちそうしてくれるっていったけど、あれはまだ有効？　作ってくれるっていったよな」

電話がかかってきたのは、七海が雪菜に呼ばれて進一の部屋を訪れてから一週間もたたない頃だった。

もちろん自分はまた声をかけるつもりだったが、七海のほうから連絡をしてくるとは思わなかったので意外だった。

「ごちそうするのはいいけど……俺は雪菜みたいに凝ったものは作れないよ」

「期待してないけど。もし大変だったら、外でおごってくれるのでもかまわないよ」

じゃあ金曜日に——と約束して電話を切ってから、進一は解せずに首をひねる。

無神経に距離を詰めすぎたのかと反省していたところだったので、七海からの誘いはうれしかったが、困惑をともなった。

過去を思い出せば思い出すほど——ほんとうは顔を合わせないほうがいいのではないかと考

えるようになっていたからだ。しかし、なんとかやりなおしたいという気持ちも同じくらい強かった。

約束した金曜日、進一が待ち合わせの駅前の場所に遅れて着くと、先にきていた七海が誰かと話しているのが見えた。最初スーツ姿の背中だったので誰だかわからず、少し離れたところで足を止める。七海の様子を窺うと迷惑している様子で、楽しく話している雰囲気ではなかった。

「――七海」

進一が呼ぶと、七海が視線をこちらに向けるのと同時に、話していた男も振り返った。先日、七海の部屋を訪ねてきた元同僚の青年だった。たしか笹川と名乗っていた――。

「こんばんは。塚原《つかはら》さんですよね」

笹川は愛想の良い笑いを浮かべた。七海は進一を見て安堵した表情を見せると、笹川に「もう帰れ」といいはなった。

「一緒にごはん食べに行くんですってね。僕もご一緒してもいいですか」

笹川はかまわずに進一に声をかける。進一がことわる前に、七海のほうが突っぱねた。

「馬鹿いうな。いいかげんにしろよ。いったいなんのつもりなんだ」

「駄目ですか？　――残念。塚原さんと七海さんのことでいろいろお話ししたかったのに」

ひと悶着《もんちゃく》あるかと身構えたが、笹川は思いのほかあっさりと引いた。「じゃあまた」と笑顔のまま踵を返し、去り際にちらりと意味ありげな視線を進一に投げていく。

思いきり挑発している目つきだった。やはりただの元同僚じゃないと確信した。おそらく進一のことを、七海と新しくつきあっている相手だと誤解しているに違いなかった。

笹川が立ち去ってから、七海は気まずそうな顔を見せる。

「進一、ごめん……あいつは前の会社で俺になついてて……」

「——かまわないよ。どこ行こうか」

自分でもいくぶんそっけない対応だと思ったものの、それ以上なにかをいってしまったら変に感情が高ぶってしまいそうなので、進一はその場から歩きだす。たぶんいま、能面のような表情をしているに違いなかった。

どうして心がこんなにざわつくのか。七海が元同僚とどういう関係にあろうと、それがどうした？　おまえが苛《いら》つくことでもないだろう。そういったことも含めて、誰よりも理解しなければいけないのに——再会して友達づきあいするのは、そのためではなかったのか。

しばらく歩いてから、なにをしてるんだとようやく頭が冷えて、進一は七海を振り返った。

「七海はなにが食べたい？　リクエストきいてなかった」

照れくさいような笑みをつくってたずねると、七海はなにもかも見透かしているような目で見つめ返してきた。笹川が現れてからの、進一の妙な反応に鋭いはずの彼がなにも気づいてないわけがなかった。だが、「どうして不機嫌なんだ」とは問わずに、薄く笑って唐突なことをいいだす。

「店じゃなくていい。進一の部屋に行きたい」

「俺の部屋？　でも外でいいっていったから、なにも用意してない」

「いいよ。俺が作るから。今日はまだ早いし、買い物していこう。——そのほうが落ち着いて話もできる」

夕食の材料を買ってからマンションに帰り着くと、七海は早速とばかりに上着を脱いでネクタイを外すと、ワイシャツの袖《そで》をまくりあげてキッチンに立った。

進一も手伝ったが、学生の頃から自炊している七海のほうが手際がいいのはあたりまえで、食器をだすぐらいしかすることがなかった。雪菜みたいにレシピと睨《にら》めっこしながら作るのとは違って、手慣れた様子で何品かの料理が出来上がり、ソファの前のテーブルに並べられる。

「乾杯」

ワイングラスを合わせてから、七海は静かに微笑む。

笹川のことで苛ついた件をすっかり見通されているようで、進一は七海とふたりきりで向きあうのがどことなく落ち着かなかった。

「ごちそうするっていったのに、七海に手間かけさせて悪いことしたな」

「いいよ。材料費、そっちもちだし。それにまた進一の部屋にきたかったから、ちょうどよかった」

「なんで？」

「このあいだも感激してたんだよ。いっただろ？　まさかこうやって一人暮らしの進一の部屋で過ごすことがあるなんて思わなかったから」

さりげない口調に、麻痺させていたはずのなつかしい痛みが甦る。

卒業前に七海から部屋をシェアして一緒に住まないかと誘われたことがあった。将来的に家を出たときにはそうしよう、と進一は安易に快諾したけれども、その約束は果たされなかった。

「——笹川のことは……」

食事が進んだところで、おもむろに七海が切りだした。

「彼とは少し前から揉《も》めてるんだ。別れたのに、よりを戻したいっていわれてて」

たぶんそうなんだろうと推測していたが、はっきりと言葉にされるとどう反応していいものか迷った。

胸にちりちりと疼《うず》くものがあって、その不快感が進一の眉間《みけん》に皺《しわ》を寄せさせる。

「ショック？　やっぱり男が好きだったのかって？　進一は元同僚だって説明だけじゃ納得しないだろ。気まずくなるのがいやだから、はっきりさせたほうがいいかと思ったんだ。また友達づきあいしてくれるつもりなら、このぐらいのことで引いてもらったら困る」

「引いてない」

「じゃあ——なに？」

　少し意地の悪い声音だったが、七海はそれ以上問い詰めなかった。ふっと目線を落とす。

「笹川とはほんとに終わってるんだ。いまでもよく連絡くれるんだけど、俺はもうその気はないから。今日も帰りぎわに会社まできて、待ち合わせ場所まで一緒についてきたんだよ。進一をあらためて紹介しろって」

「ずいぶん熱烈に好かれてるんだな。よりを戻したいって、そんなにしつこくされるなんて」

「好かれてるっていうより、俺は便利だからな」

「便利？」

「……そう。熱愛されてるのとはまた違うんじゃないかな」

　どこか自虐的な言葉に、進一は引っかからずにはいられなかった。自分が便利な存在だというなんて、いったいどういうつきあいをしてきたのか。

　だが、七海の気持ちに応えられなかった自分があれこれいえることではなかった。なにもいえないからこそ、よけいに腹のなかに不快なものがたまる。

「進一は、俺がなんでそんなやつと、つきあってたんだって思ってる？　熱愛されてるわけじゃないけど、しつこくされてるだけだっていいきれるやつと？」

「思ってる。……なんで？」

　たずねるのは遠慮しようかと思ったが、そこだけはどうしても確認したかった。進一がまっすぐに見つめると、七海はその反応が意外だったのか困ってるような笑みを浮かべた。

「便利っていったけど、たぶん進一が想像してるのとはちょっと違う。笹川は相手が醒《さ》めてて、自分が追いかけるのが好きなんだよ。ちょっと事情があって……俺はその趣向にぴったりハマってるだけ。もちろん、笹川にもいいところはあるんだ。割れ鍋に綴《と》じ蓋みたいなもので……俺も淋しいし、ひとにやさしくしたいこともあるし……やさしくしてもらいたいって期待することもあるし。もう一度つきあいたいとは思わないけど、つきあってるときはそれなりにいい思い出はあったから」

七海と笹川のつきあいが悪いものではなかったのなら安堵してもいいはずなのに、不快感はおさまらなかった。再会してから、焦燥や後悔じみた感情ばかりがわきあがってくるのはなぜだろう。

「進一？」

黙り込んだ進一を見て、七海がからかうような笑みを向けてくる。

「俺のいうことなんて気にしないでくれよ。ひょっとして、傷ついてるのか。自分が振ったから、俺が不幸になってるとか？　自惚《うぬぼ》れるな。俺がいつまで進一を好きだと思ってる？　そんなわけない」

「――」

いままで曖昧《あいまい》にされていたことをはっきりと言葉にだされて表情を固くする進一に、七海はおかしそうに目許を和《なご》ませる。

「そういうこと気にしてそうだから、口にだしていってやったんだ。もし、おまえをまだ意識してたら、笹川のことなんていわないよ」

「——自惚れてはいないよ」

「なら、いいけど。だいたいいまも気にしてたら、最初に進一に飲みに誘われたときにことわってる。再会したときにもはっきりといったじゃないか。もうそんなつもりはないって」

「そうだな」

たしかにそうだった。だから、進一は「飲みにいかないか」と誘ったのだ。

その場ではいったん気分が軽くなったものの、なんでもないように笑う七海を見ているうちに、進一の心の底には再び複雑な感情の濁りのようなものが沈み込む。

互いに気まずかった記憶はなかったことにして、昔みたいに友達づきあいをしよう——その意見は一致しているのに、妙にちぐはぐな感覚を受ける。決定的ななにかが噛《か》み合っていないのはなぜなのか。


部屋で食事をしたあとに七海は眠ってしまった。しばらく寝かせておくかと進一はとりあえずキッチンの後片付けをしたが、すべてが終わったあとでも目を覚まさなかった。

最初に飲んだ夜と同じだ。「気にしてない」というわりには、まるでなにかから逃げるように飲酒のペースがあがった。

「七海」

ソファに寝転がっている七海に声をかける。普通に呼びかけただけでは起きそうもなかった。七海——と声を大きくしようとして、進一は思いとどまる。ソファのそばに立ちつくして、七海の寝顔を見下ろした。

七海も同じような違和感を覚えているからこそ、きわどい話がでると飲まずにいられないのだ。ひょっとしたら、平気な顔をして進一と友達づきあいをするのは、七海にとって苦痛なのかもしれない。

ほっそりした面立ちに、わずかにやつれたような表情が浮かんでいる気がして、進一はやりきれない気持ちになる。

昔、どうして七海の気持ちに応えなかったのか。

当時、あまりにも驚いたせいと、七海がすぐに「忘れてくれ」といったために、その理由は突き詰めて考えないようにしていた。

当時は無理だった。友達同士なら、いつか家を出るときに一緒に部屋をシェアしようという曖昧な約束で待たせるような返事もできる。だが、好きだという切羽詰まった告白に「少し時間をくれ」とはいえなかった。女性相手にも慎重だったのに、男で親友となると——当時の自分には余裕がなくて、できることとできないことが残酷なくらいはっきりとしていた。それと単純に、自分を好きだという七海がその前に竹内と寝たといったことに混乱してしまったせいもあった。

告白を受けて、進一が驚いた顔を見せたときにすべては終わった。自分が求めていたものが得られないとわかった途端、七海はあっさりと引いたのだ。

進一にしてみれば、竹内との関係を聞いたときも、わけもわからないままに込み上げてきた憤りがどこからくるのかすら自覚がなくて、その感情を恋愛に結びつけることすらできなかった。なんで男と寝れるんだろうとひたすらわけがわからなかったのも、自分が傷つくことを無意識に避けていたのかもしれない。

つきあうには至らなかったにしろ、七海が竹内と寝るくらい好意をもっていた事実がショックだった。自分にとって、昔から七海は特別だった。それはたしかだったのに――その先にあるかもしれない感情には意識が向かわなかった。

でも、もしかしたら、すでに――。

いくら「もしも」と考えてみても、どうしようもないとわかっているのに、いつまでも胸のなかにひっかき傷のような後悔が残る。

(——好かれてるっていうより、俺は便利だからな)

あんなことを自分でいうようなつきあいをしているのが気にかかる。振ったおまえが口をだすことじゃないと頭ではわかっていても、どうしようもなかった。

「……ん……」

脇に立っているひとの気配に気づいたのか、七海がソファの上で寝返りを打って目を開けた。進一の姿を認めると、ゆっくりと重たそうに頭を振った。

「……俺……？　眠ってた……？」

「いいよ。眠たければ、そのまま眠ってて。毛布もってくるから」

起き上がるのが億劫《おっくう》なのか、七海は横たわったままぼんやりと天井を見上げていた。進一が毛布をとって戻ってくると、すでに目を閉じている。

進一は自分も寝る支度をするためにリビングを出て行こうとした。照明を落として踵を返したところで、「進一」と呼び止められる。

「——なに？」

再びソファに戻ると、七海が目を開けていた。

「電気は小さくつけといてくれ」

進一はいわれたとおりに豆電球の灯りをつけた。薄い灯りの下で、自分を見上げてくる七海の瞳が心細いように見えて思わず動きを止める。

「……暗いなかで目を覚ましたとき……ひとりだと怖くなることがある」

ひそやかに響く声は、いつもの七海のものではなかった。

「特別に落ち込むことがあったときじゃないんだ。そういう日はなるべく気をはってるからなにも感じない。なんでもないときに突然ガクンとくるんだ。今日は仕事でも絶好調だったのになんでなんだろうってときにさ」

「ああ……あるよな、そういうときって」

進一はそのまま去るわけにもいかずソファのそばに腰を下ろした。七海がくくっとおかしそうに笑う。

「嘘だ。進一にそんなときがあるもんか」

「なんで。俺だって落ち込むことぐらいあるよ」

「——どんなとき？」

たとえば友人の様子が明らかにおかしくて、その原因が自分ではないかと勘ぐらずにはいられないとき——。

口許まででかけた言葉をこらえる。いえるわけがない。

「ほら、やっぱりないんだ。無理して俺に話を合わせようとするなよ。むかつく」

語尾に甘えたような響きがあるものの、やはり普段の七海とは少し違っていた。酔っているのか。

「七海……?」

「ほんとにおまえはむかつくやつだよ。昔から」

「悪かったな」

「悪くも思ってないくせに、すぐそういう。丸くおさめるために。自分の感情なんてどうでもいいんだ。腹立つ」

いまはなにを返しても突っかかられるだけだった。黙っていようかと思ったが、「腹立つ」とくりかえされて、後頭部を指ではじかれる。酔っ払い相手に怒るわけにもいかず、進一は眉をひそめながら仕方なく口を開く。

「それで? 俺がむかつくやつなのはわかったけど、七海は今夜なにに対してガクンときてるんだ?」

「わからない」

即答だった。明瞭《めいりょう》なのに、わずかに不安定さを煽《あお》るような響きに聞こえて、進一は表情を確認するために振り返る。

七海は先ほどと同じく天井を見つめていた。実際にその視線がどこに向けられているのかは見えないうつろさがあった。

「……わからないから、不安になるんだ。気づかないうちに、なんかヘマをやってるんじゃないかって。いつもは平気なのに、時折、仕事帰りの電車のなかでもそういう気分になることが

ある。俺はとりあえず仕事も、人間関係もなんとかうまくやってる。でも、うまくやってるからってなんなんだって――そういうとき……」

「そういうとき？」

先ほどの会話が頭のなかに甦っていた。「ひとにやさしくしたいこともあるし、やさしくしてもらいたいって期待するし――」といっていたことが。そういうときに、誰かの手が必要になるのか。竹内や笹川のように？

「昔のことを思い出すんだ。子どもの頃とか、学生のときとか、いろんなことを。昔、好きだった旧《ふる》い映画を観たり、本を読んだり――そうすると、わかるんだよ。俺は全然昔から変わってないんだって。小さいときでも、若いときでも、年くってからも、いつも同じようなことを感じてるんだって。同じことで何度もガクンときてるんだって確認して安心するんだ。ずっと抱えてきたものなら怖くない。いままでそれでやってきたんだから」

七海は進一がそばにいるのも忘れて独白しているように聞こえた。

長いつきあいのはずなのに、彼がこんなことをいうのを聞くのは初めてだった。尖《とが》ったところがあっても、気がやさしくて弱いところもあると知っていたが、いつも七海はそのやわらかい部分には決して立ち入らせなかったから。

告白したときでさえ――すぐに気丈に「忘れてくれ」ととりつくろったのに。

「……七海がそんなことというの、初めて聞いた」

「——知ってただろ?」

「知ってたけど、知ってるっていわせない雰囲気だっただろ」

「そうだな。その差は大きい」

おかしそうに笑う。七海は少し投げやりな口調で「もうどうでもいいよ」とつけくわえた。

夜のなかに融け込みそうな声は本音だとわかっているのに、不思議と現実感がなかった。

七海が伝えたいと思っていることじゃないからかもしれない。七海は後悔するのかもしれない。今夜、こんなふうに気弱な本音を吐露したことも、明日になればきっと——。

「……俺はうまくやってるか?」

唐突に問われて、進一は「え」と息を飲んだ。

「うまくやってる?　進一に再会してから」

「……」

どう答えればいいのか一瞬迷った。うまくやっているよ、が正解なのか。だが、先ほどの話を聞いていると、決してそれは肯定的な意味ではないような気がした。

「俺は、楽しいよ。七海とこうして過ごしてると」

とっさにそう答えると、七海のうつろな瞳がふっと和んだ。安心したような吐息が洩れて、目を閉じる。

「——なら、いい。俺はもう失敗したくないんだ」

失敗？　なにを？

問いただすことはもちろんできなくて、進一は息を殺したまま七海の顔を見つめる。

再び眠りに落ちてしまったのか、しばらく待っても目を開ける気配がなかった。

すぐには立ち上がることができずに、進一はその寝顔を眺めていた。いつもは手を伸ばせない脆《もろ》い部分に思わずふれてしまったような気がして、心臓が奇妙に高鳴っていた。

以前、「好きだ」といわれたときには夢のように思えたのに、その胸の鼓動はやけにリアルだった。

5

「塚原《つかはら》さん、聞いてます？」

職場で背後から声をかけられても、ぼんやりとしていたせいですぐに反応できなかった。

金曜日、仕事も早く終わったので、どうしようかと考えていたところだった。七海《ななみ》を誘って飲みに行こうか。

携帯を手にしようとしたところで、先日の夜に覚えた胸の動悸《どうき》を思い出して、進一《しんいち》は落ち着かなくなった。やわらかくて壊れやすいものにふれてしまったような感覚。薄灯りのなかで見つめた七海の寝顔が脳裏をよぎる。なんだって、あんな――。

「塚原さんてば」

後ろで恨みがましい声をあげていた岩見《いわみ》がしびれを切らしたように腕を叩《たた》いてくる。

進一はためいきをついて、「なに？」とようやく振り返った。

「和食と洋食と中華、どれがいいですか。塩崎《しおざき》さんのお別れ会、店の選定しろっていわれてるんですよ。塩崎さん、お酒飲まないから、料理の美味しいところがいいってことになったじゃないですか」

岩見はグルメの紹介ページをプリントアウトしたものを、ぬっとつきだしてくる。

「本人に聞けば？」

「塩崎さんは『みんなの食いたいものでいい』っていうんですもん」

「ああ、そういうの頓着ないやつだから、岩見さんの好きなところでいいよ」

「頓着なくても、わたしが選んだ店だって知ったら、塩崎さん、文句いうに決まってるじゃないですか。彼、わたしに厳しいんだもん」

「苦情受けるのも幹事の役目だから我慢するように。それに、あいつは憎まれ口できみとコミュニケーションとってるつもりなんだから、つきあってあげなよ」

自覚があるのか、岩見は一瞬黙ったものの、悔しそうに唇を尖《とが》らせた。

「いやですよ。『いい店だね』って唸《うな》らせたいじゃないですか」

「だったら、自分でリサーチすること」

いったん突き放してみたが、心細そうな岩見の顔を見ると、進一はやはりそのままにはできずに「どれ」と受け取ったグルメ情報のプリントアウトした束をぱらぱらとめくる。目星をつけてあるのか、いくつか赤ペンで丸がついていた。

「どこが一番の候補？　行ったことある店？」

「上から二番目と五番目は行ったことあります。徒歩で行ける会社の近くだと選択肢が限られるんですよね。あとはもう忘年会とか歓送迎会で使ったとこばっかりで」

岩見は身を乗りだしてきて、プリントの束を一緒に真剣な表情で見る。

「今日、友達とメシ食いに行くかもしれないから、一軒なら俺が雰囲気見てきてあげるよ。どこの店がいい？」

「え？　そうなんですか？　来週女子で何軒かランチで下見してこようっていってるとこがあるから——そうですね、じゃあ、ここことか？」

岩見はクチコミの評判がいいらしい創作割烹《かっぽう》の店を示した。

「あ、もしお相手が女性だったら、次のページのイタリアンの店でも」

「——男だよ」

ですよね、という岩見のしたり顔を見て、さすがに気にくわなかった。

「なんで男だってわかったんだ。岩見さんのなかで、俺はそんなに甲斐性《かいしょう》なしか」

「違いますよ。だって、もしデートだったら、塚原さんは迂闊《うかつ》に洩らしたりしないで秘密にしそうじゃないですか。あと、ひとのいうことなんか聞かずに、自分でセレクトしたお店に行きそう」

勝手に抱かれているイメージはおそろしいものだなと思いつつ、進一は顔をしかめる。

「俺はそんなに神経が細かくないし、気が回る男じゃないよ。飲むのも食うのも、こだわりはない」

「そうなんですか?」

「そうだよ」

店の情報に目を落としながら、進一は苦笑する。

お別れ会の下見だから——といえば、七海を誘いやすくなると単純に考えているほどなのだから。

「塚原さん、プライベートをあまりしゃべらないから、知りようがないですよ。わたしにはけっこうしゃべってくれるほうだけど」

「岩見さんはマイペースにポンポンものをいうところが俺の妹に似てるから、話しやすいのかな。……前にいったことなかったったっけ?」

「初めて聞いたけど、妹さんがいるのを知ってから、そんな気はしてました。全然、女子として意識されてる感じじゃないですもんね」

岩見はおかしそうに笑ってから、自分の席に戻って帰り支度をする。

「じゃ、よかったら、そのお店行ってみてください。できたら、お友達からも情報集めて。お先です」

岩見が去ってから、進一は再び机の上に出してある携帯をぼんやりと見つめた。気がつけば、すでにオフィス内はひともまばらになっている。

先日の夜、進一に酔ってあれこれと話したことを七海はなにも覚えていないようだった。翌朝にはいつもと変わらない調子に戻っていた。だが、内容は覚えていないものの、自分が迂闊《うかつ》なことを洩らしていないかどうかは気にしていた。

少し酔ったみたいだったから——といいわけのように口にしたときの、さぐるような七海の表情を思い出す。

なにもいってなかったよ、と自然に返したが、進一は七海の顔を見つめるのが気まずくなった。奇妙な胸の動悸が甦《よみがえ》ってしまいそうだった。

変に思われてないだろうか。

あの日以来、七海にどうしているのかと連絡をとることもできなかった。以前なら、「つきまとわれてる元彼氏は平気か」と気軽に様子を見るために電話することができたのに。

いったいなにを意識しているのか。

何度かためいきをついたあと、進一はオフィスをあとにした。エレベーターホールに出たところで、覚悟を決めて七海に電話をかける。

留守電につながるのかと思ったほど長いコールのあと、ようやく七海がでた。

「七海?　仕事終わったか?」

同僚の送別会の下見のために行ってみたい店があるんだけど——と誘うと、七海は気まずそうな声をだした。

『ごめん。今日は無理だ』

「仕事？」

『それもあるし、ちょっと具合が悪くて……』

歯切れが悪いのは、体調が優れないためらしかった。

「まだ帰れないのか。大丈夫か？」

『報告あげたら帰るよ。月曜日に会議があるから、それまでに週報を入力しておかないとまずいんだ。仕事できるぐらいだから、たいしたことない。……でも悪いけど、まっすぐ帰って寝たい気分だから』

「ああ。お大事に」

あっさりと電話を切ったあと、エレベーターに乗ってからふと力が抜けていくのを感じて、進一はひどく落胆している自分に気づいた。

当日にいきなり誘ったのだから、飲みにつきあってもらえなくても当然だ。

それなのに、必要以上にがっかりしているのはなぜだろう。会えると思っていたのに、会えなかったからか。

先日の夜以来、顔を見ていない。今夜はもういいかげん顔を見ないといけないと思っていたのに――。

顔を見ないと？　友人の顔なんて一週間や二週間見なくたってなんの支障もないはずなのに。

七海に再会してから、数年間分、凍結していた感情がいきなり流れだしたようだった。「好きだっていったことを忘れてくれ」——そういわれてから、どこかで麻痺《まひ》していた感覚がひりひりと痛む。

どうかしてる——と首を振りながら、ビルを出たところで、思わぬ人物から声をかけられた。

「塚原さん？」

七海の元同僚の笹川《ささがわ》だった。進一は「こんばんは」と平静を装って応えたものの、ひょっとしてビルの前で張り込んでいたのだろうかという考えがよぎる。先日、七海との待ち合わせ場所で顔を合わせたとき、笹川は自分と七海のことで話したいと口にしていたからだ。

「いきなり声をかけてすいません。偶然、姿を見かけたもので。この近辺のビルに仕事で用事があったんです」

「そうですか、偶然ですね」

「あなたの会社がこのビルに入ってるって知ってて、ちょっと見にきたから、純粋に偶然ってわけでもないんですけど。ちょうど出てくるとは思わなかったから」

会いにきたことをあっさりと白状されて、進一は毒気を抜かれてしまった。

「一度お話をしたいと思ってたんですが、連絡しようがなかったから。七海さんに聞いても、教えてくれるわけもないし。——もしかして、七海さんから僕にしつこくつきまとわれてるとかいう話をされてますか？」

進一の不審げな様子に気づいたのか、笹川は鋭く指摘してきた。黙っていたが、相手は無言のままでも察したようだった。

「やっぱりね、そんなことだと思ったけど」

笹川は笑いながら肩をすくめてみせる。

「……違うのか？」

「全部は否定しないけど。――歩きながら、話しましょうか。どこかに入ってもいいけど、よけいに内容で目立つかもしれないから」

おどけたようにいいながら歩きだす笹川に、進一は仕方なくついていく。

「全部は否定しないってどういうことなんだ」

「僕はあのひとが好きですよ。聞いてるだろうけど、前につきあってたんです。だから、よりを戻したいと思ってるのは事実だけど、ストーカーみたいにつきまとってるわけじゃない」

「七海は迷惑してる」

「人間は誰しも自分の都合の悪いことは隠すでしょ？　僕が一方的によりを戻そうとしたわけじゃないんですよ。七海さんだって、まんざらじゃなかったはずなんだ。塚原さんに再会するまではね」

進一の表情が硬くなるのを、笹川が横目でちらりと窺《うかが》う。

「仕事で偶然会ったんですってね。学生時代の友人なんでしょう？　あなたの話はつきあってる頃から、さんざん聞かされた。あなたが現れなかったら、七海さんは僕のことを『しつこい男だ』なんていわなかったかもしれない」

　最初に顔を合わせたときから、笹川の反応が妙だったのを思い出す。ああ、この男が——と観察されていたのか。

「……なんにしても、七海は気が変わったんだろ。きみとよりを戻したくなくなったんだ。あきらめろよ」

「そのとおりだけど、ちょっと違う。あきらめる必要はない。もう少し時間がたてば、七海さんの気持ちはまた変わるに決まってます」

「それがしつこいっていってるんじゃないのか」

　進一が語気を強めると、笹川は「怖いなあ」と肩をすくめてみせた。だが、引き下がることはなく、むしろ挑発的な表情を浮かべる。

「いまは『しつこい』っていってても、そのうちに七海さんは淋しくなる。塚原さん——だって、あなた、七海さんと恋人としてつきあってあげられるわけじゃないでしょ？　ゲイじゃないんだから」

「——」

　七海の恋愛沙汰《ざた》におまえが口をだすことではない。とうにその資格はない。充分に承知していたはずなのに、その言葉はいまさらながら胸を鋭く刺した。

「七海さんもいまはまたあなたと親友ごっこができるって有頂天だけど、すぐに無理だって気づきますよ。学生のときに同じ悩みで苦しんでるのに、どうしてまたくりかえすんだろうね。そういうとこも、七海さんらしいんだけど。どうせあなたとは無理だってわかってるんだから、僕をゆるゆるとキープしとけばいいのに。学生のときも、熱烈に好いてくれる相手がいたみたいなのに、あなたがいるからその相手の気持ちには応えなかったんでしょう？　そっちの彼氏とつきあえば楽だったのに。あなたが自分をそういう対象としては見てないことはわかっててもあきらめられなくて、結局は玉砕」

熱烈に好いてくれる相手――という言葉を聞いて、竹内《たけうち》の顔が思い浮かんだ。大学をやめたあとにも、竹内は七海に会いにきた。その後はどうなったのか知らなかった。ほんとに一度きりだったのか。七海が話したがらないから話題にのぼらせなかったが、進一自身も詮索《せんさく》するのを避けていた。

知ってしまうのが怖かったからかもしれない。怖い――なぜ？

「あのひと、頑固なんで、普段はなにもいいやしないんですけどね。時々、はりつめたものがとけるときがあって、うっかり洩らすんですよ。基本的には嘘が嫌いだし、素直なひとですからね。塚原さんはそんなに鈍感じゃないでしょう？　本気でなにもなかったように親友ごっこができると思ってたんですか。あのひと、どう見たって、まだあなたに期待してるんだから。残酷な時間を長引かせないでください」

一方的にいわれて腹立たしくないわけがなかったが、進一の心のなかは不自然なほどに凪《な》いでいた。

　たしかにそのとおりかもしれなかったが、目の前の男は自分たちのことをなにも知らない。話に聞いているだけでは理解できないはずだ。進一と七海が友人として積み重ねてきた年月のすべて――共有していた空気も、互いの存在が大切だったことも――すれ違いも、摑《つか》み損ねてしまったなにかも――第三者になにがわかる？

「きみなら、どうできるっていうんだ。前に七海と別れてるんだから、ふたりのあいだにはなにか問題があるんだろ。俺と七海の関係と、きみと七海の関係はまったくの別物だ。俺と七海が会わなくなったからって、きみに利があるとは思えない。俺が現れなかったらというけど、七海に相手にされない腹いせだろ？」

　笹川は意外そうに目をぱちくりとさせた。

「あなたは好男子の見かけによらず、結構いやな口をききますね」

「きみがいやなやつだからだ」

「七海さんと関係してた男だから？」

　いきなり自分でも思ってもみなかったところを切りつけられて、進一は笹川を睨《にら》みつけた。

　笹川は邪気のない笑顔を見せた。

「七海さんは誰かにすがりつかれれば、『いやだ』って拒めないんですよ。心まで開いてくれるわけじゃないけど、相手をほっとけない。なんでだかわかります？　学生時代に好いてくれた相手とも、それでちょっとややこしいことになりかけたみたいだけど」

竹内との関係を知ったとき、一番疑問に思ったことだった。七海が相手に流されるような優柔不断なタイプとは思えないからだ。

「七海さんがいうには、必死に応えてほしいって思いを募らせる姿が、自分のように見えるからだそうですよ。どうせ叶わない。でも未練がましくそばにいて、物欲しそうにしてる姿がダブるって。だからこそ、好きになってくれる相手に自分と同じ哀しい思いをさせたくないんだって」

昔、竹内の件で七海といいあいになったときのやりとりが耳に甦る。

(だって、好きだっていわれたんだ。ずっと好きだったって。……そしたら、ことわれないだろ)

(一回だけでもいいって——必死にそう願うことだってあるんだよ。いいかげんわかれよ)

「このわからず屋」といいたげな目で見られて、進一もいつになくムキになって「わかるわけないだろ」といいかえした。

竹内と関係した理由が、七海の切羽詰まった気持ちのあらわれだったとは思ってもみなかった。

たとえ一回でもいいと——七海も願ったことがあるから、竹内を受け入れた?

「そんなトラウマみたいに傷つけられてて——あなたはどれだけ酷《ひど》い振り方したんですか?」

「……」

少し頭が混乱した。七海を傷つけた事実は認めていたのに、その傷が自分が思っていたよりも深いことを思い知らされた。

「無理ですよね、ノンケのひとには。俺はあなたを責める気はないんですよ。当然のことだから。仲のいい友達だって思ってたんですもんね。気づかなくたって仕方ない。七海さん自身でさえ、高校のときには彼女でもつくれば、あなたへの気持ちが勘違いだとでも思えるようになるって考えたり、なかなか認められなかったみたいだから。耐えきれなくなって、大学卒業して疎遠になるまで……そばにいるあいだはずっとあなたが好きだったみたいですよ。ずいぶん長丁場ですよね。そんなに好きになれるひとって、一生のうちに一人できるかどうかもわからない。だから、僕は七海さんがあなたをいまも心のなかで一番好きでもかまわないんです」

頭のなかでチカチカと妙な光がまたたいていた。苛々《いらいら》するそれを振り払うように、進一は頭を振った。

俺はうまくやってるか——そうたずねてきた七海の声が頭のなかに甦っていた。うまくやってるか。うまくやってるか。エコーをかけたように痛みとともにその言葉は脳内に反響する。

「七海さんはあなたと満足いくように大切な友情を育《はぐく》めばいい。あのひとにはそれが大事みたいだから。その他の部分は僕がフォローします」

きっぱりといいきる笹川を、進一は眉をひそめながら見つめた。七海とやりなおしたいといいながら、進一を一番好きでもかまわないという男の心情が理解できなかった。

「フォロー？」

「あなたにはできないでしょう？　どんなに強がっても、心だけじゃ満たされないだろうし、そのうちに七海さんも慰めてくれる相手は欲しくなるはずだから」

最後の一言まできちんと聞いていなかった。

頭のなかで瞬いていた光が、進一のなかで一気に爆発した。全身の血液が沸騰したような感覚に支配され、腕が反射的に対象を打ちのめすために動いていた。相手に向かってくりだした拳にガツンといやな手ごたえが残る。

「――っ」

それほど力を込めたつもりはなかったが、殴られた笹川は尻餅《しりもち》をついて驚いたように進一を見つめた。眼鏡《めがね》が外れ、頬《ほお》が赤くなっていた。

オフィス街の通りだったが、周囲は「喧嘩《けんか》？」と小さく囁《ささや》いていくだけで、ふたりをよけるように通り過ぎていった。皆、無関心を装って、関わりたくないとばかりに足早に去っていく。

自分のしたことが信じられずに、進一は拳を握りしめたまま茫然《ぼうぜん》としていた。荒い呼吸がどこか遠くに聞こえる。

笹川は頬をなでながら顔をしかめ、すぐに立ち上がって服を払った。

「驚いた。まさか殴られるなんてね」

「……きみに七海のことをあれこれいわれたくない」

「僕にいわれたくない？　じゃあ、あんたにはいう権利があるんですか」

「――」

再び頭が白くなりかけたとき、「塚原？」と聞き慣れた声がした。

「おい、塚原、なにやってんだ？」

あわてて駆け寄ってきたのは、同僚の塩崎だった。外出から会社に戻ってくる途中で、進一を見つけたらしい。ふたりが向きあっている剣呑《けんのん》な雰囲気から、なにかのトラブルだと察したようだった。

「すいません。こいつと、なにか？」

塩崎が間に入ると、笹川はよそゆきの顔に戻って笑みを浮かべた。

「いえ。ちょっと知人のことで口論になって」

塩崎は進一の顔を見て、「あれ？　知り合い？」と拍子抜けしたようにたずねる。進一は笹川を睨みつけたまま、その問いかけには返答しなかった。

「さすがにいきなり失礼でしたね。僕が悪いんです。呼び止めてすいませんでした」

笹川は軽く頭を下げると去っていく。

「なんだ、知り合いなのか。びっくりしたよ。因縁でもつけられてるのかと思って」

「いや」

　笹川の背中が地下鉄の入口に消えるのを見とどけてから、進一はようやく視線を外した。まだ自分のしたことに実感がなかったが、拳にははっきりと暴力を振るった不快な感触が貼りついている。自己嫌悪と——それでも拭《ぬぐ》いきれない怒りと。

「おまえが殴ったのか？　あいつの顔、赤くなってたけど」

「ああ」

　頷《うなず》く進一を見て、塩崎は口をぽかんと開けた。

「ほんとに殴ったのか。塚原がそんな真似をするとは思わなかったよ。警察沙汰にでもされたらどうするんだ」

「友達のことで……」

　いいかけて、進一は黙り込んだ。塩崎は「友達？」と問いただしてくる。どう答えていいのかわからずに、返答に間があいた。

「——腹が立ったんだ」

　その一言しかなかった。ともかく腹立たしくて仕方がなかった。笹川に対して——そして、なによりも自分自身に対して。

電話をかけたらたぶんことわられるだろうと予測したので、進一は直接七海の部屋を訪ねた。

頭をいったん冷静にしてからのほうがいいかとも思ったが、日をおいてしまったら、いま抱いている感覚が曖昧《あいまい》になってしまう気がした。

この拳に残る怒りの感覚と、胸の底からどうしようもなく突き上げてくるものの正体が、自分でも摑めない。七海の顔を見ればわかるような気がした。

マンションのインターホンを鳴らして進一が名乗ると、しばしの沈黙のあと、ためいきのような声が応えた。

『体調が悪いっていわなかったっけ?』

「ごめん。寝てた?」

『起こされた』

すぐにドアが開いて、七海が少し仏頂面で顔をだすと、進一に「入って」と促す。

もしかしたら笹川が先客としてきているのではないかと考えていたが、その気配はなかった。

七海は不機嫌そうなままソファに腰掛ける。「見舞い」といって、進一が洋菓子店の箱を差しだすと、さらに憮然《ぶぜん》とした顔つきになった。中身を覗《のぞ》き、唇の端に笑いを浮かべる。

「女の子の部屋を訪ねるときによく持っていくの? こういうかわいいスイーツ」

「体調悪いっていうから。もし食欲なくても、プリンとかゼリーとかなら食べられるかと思ったんだよ。雪菜《ゆきな》なら、必ずプリンって騒ぐから」

「なるほど。雪菜ちゃんが参考例か。色気のないやつ、いい年して」

からかうような笑いを見せる七海に対して、いつもなら「悪かったな」といいかえすところだったが、なぜか言葉がでなかった。

いつもどおりのやりとりをしていては、なにも変わらない。どこかで無理をして、昔通りの雰囲気を壊すまいとしている不自然さを今夜は払拭《ふっしょく》したかった。

黙り込む進一を見て、七海はとぼけたように「ひとつもらおうかな」とプリンをとりだして、「進一は？」とたずねてくる。

「俺はいい」

七海は「そう」と頷くと、残りを冷蔵庫にしまいにいった。進一はソファに腰掛けた。七海は戻ってくると、隣にあぐらをかく。男ふたりが座っても余裕のあるソファだったが、今夜はやけに狭く感じた。

七海は沈黙を恐れるようにテレビをリモコンでつけると、ゆっくりとプリンをスプーンですくって食べはじめる。

画面に目を向けていても、テレビの内容はまったく頭に入ってこなかった。ただ視界の端に映る七海の姿だけに神経を集中させていた。

うつむきがちに丁寧なしぐさでスプーンを口に運ぶさまを。伏せた睫毛《まつげ》が繊細に揺れるのを。わずかに緊張したようにその肩がこわばっているのを。

やがて七海が食べ終わったプリンのカップをテーブルの上に置いた。

「——俺になにか話？」

なにか伝えたいはずなのに、すぐには考えがまとまらなかった。こんな状態でいきなり訪ねてくるなんて、普段の進一らしくなかった。ただどうしても今日のうちに七海に会わなければならないと感じたのだ。

「七海がどうしてるのか、顔を見たかったから」

「俺の顔を？」

「体調悪いっていってただろ？　だから、どうしてるのか気になって」

七海は悪い冗談を聞いたように笑った。

「そりゃ、ありがと。お菓子買ってきてくれたり、『顔が見たい』なんていってくれたり、今日はまるで女の子みたいに扱ってくれるんだな」

皮肉げな口調に、感情の整理がつかないまま、進一は頭を振る。

違う。笹川の話を聞く前から、今日はおまえの顔を見たいと思っていたんだ。飲みに誘ったとき、ことわられてがっかりした。俺は——。

「女の子扱いしてるわけじゃないよ。俺はただ……」

言葉が途中で止まってしまったのは、七海がじっと気になる視線を向けてきたからだ。奇妙にはりつめた目つきだった。

「笹川から、俺のことを聞いたんじゃないのか。あいつ、口が悪いから、つきあってた頃の面白い話がいろいろ聞けただろ？」

「……知って？」

今晩進一が笹川とやりあった件を、七海はすでに承知しているらしかった。

「進一と別れたあと、笹川がすぐに俺に電話してきたんだよ。あいつを殴ったんだってな。びっくりしてたよ。紳士面して、あんな暴力的な男だとは思わなかったって。俺も進一がまさか笹川を殴るなんて考えもしてなかった。なんでそんなことするんだ。俺がしつこくされてるっていったから？」

塩崎には「腹が立ったから」と説明したが、それだけでは適当でない気がした。なぜ腹を立てたのか。笹川に対して、自分自身に対して――なにが理由で？

七海は深く追及せずに肩をすくめた。

「まあ、だいたい想像はつくけど。笹川はひとのいやがるとこを鋭くつつくからな。慣れれば単純に見えて、あれもかわいいんだけど」

「かわいい？　じゃあ別れたのは……？」

「あの性格はべつに癖みたいなものだから気にならない。見えるとこで口が悪いだけで、性悪ではないし。だけど、あいつは結構な家のお坊ちゃんだから、相手にも割り切ったつきあいを望むんだよ。『僕はいずれ結婚しなきゃならないけど、そこらへんは承知してください』って」

殴ったのが一発では足りないような気がして、進一は気色《けしき》ばんだ。

「それを承知でつきあってたのか……？」

「承知もなにも――そのときは俺も、つきあってる相手もいなかったし、ほだされたのもあったし。タイミング的にそういう流れだっただけ。前にも話したけど、あいつは相手に熱烈に好かれてないほうが楽なんだ。そのほうが先々、傷つけなくてすむから。俺なら簡単になびきそうもないし、いつも醒《さ》めてるように見えるから、笹川にしてみれば追いかけるのにちょうどよかった。俺もそのときは誰かにそばにいてほしかったし……それに、あいつのそういう狡《ずる》いところも弱いとこも、正直に見えてつきあうのが楽だった。俺もあいつを利用してたところもあったから、おあいこだ。でも、実際につきあってみて恋人としてはやっぱり相性が悪いから、別れた。そのときだけ楽しければいいなんて、俺にはどうしても思えなかったんだよ。『結婚後もなんとかしてつきあうから』って、いくら一生懸命にいわれても、相手のことを考えると萎《な》えるだろう？　ただ、それだけ」

（だから、僕は七海さんがあなたをいまも心のなかで一番好きでもかまわないんです）

あの台詞《せりふ》はこういう意味か。

七海がいったいどういう経緯で笹川とつきあったのか気になっていたので、事情がわかってよかった反面、複雑な気持ちもあった。

利用してた――といっても、決して笹川のことを嫌いではなかったわけだ。当然だ。つきあっていたのだから。

「だから、笹川とは終わらせたんだ。あいつにとってもそのほうがいいんだよ。いずれ結婚しなきゃいけない立場なら、どうせ年貢の納めどきがくるんだから。……なんだか俺ばっかり格好の悪い恋愛事情を話すってのも、ずるいな。俺は進一のことをなにも知らないのに。まあ、だけど……笹川がいきなり進一に絡んでいったのは俺にも責任があるから仕方ない。あいつにおまえのこと話したことあるから。学生時代にノンケの友達に片想いしてて、見事に振られたって」

さらりといいきられて、いつもならその自然な口調に安堵《あんど》するはずなのに、今日は胸に痛く突き刺さる。

「そう話したのか?」

「そのとおりだろ? 笹川と俺は狡くて弱いところで気が合ってたんだよ。あっちは『いずれ結婚するから』ってのが弱みで、俺のほうは……」

そこで言葉を途切れさせて、七海は少し考え込むと、「あーあ」と大きく伸びをした。

「またこれで減点されたな。進一のなかの俺のイメージがガタガタだ。いい男とつきあってこなかったんだな、かわいそうにって思ったろ」

「べつに……なにを知っても、減点なんてないよ。七海のイメージがガタガタにもならない」

「そうなんだ? うれしいことといってくれてるように聞こえるけど、反対にいえば良いところ知っても加点もないってことだよな。つまらない」

「減らず口だな」

「進一相手だからだよ」

気楽な友達だから——といいたげな雰囲気に、うっかり飲み込まれてしまいそうだった。

進一は眼を細めて七海を観察するように見た。なにも普段と変わらないように見える。だが、目を凝らしていると、時折ちらりちらりと不安げな表情がよぎっているのがわかった。

以前は見て見ぬふりをしていた。七海が知られたくないこと、隠そうとしていることはあえて暴き立てるものじゃないからと。

(忘れてくれ——)

学生のときも、七海がそう望んだから、進一はそのとおりにした。少しでも蒸し返そうとすると、「二度とその話はしないでくれ」と拒絶された。悲鳴を上げる傷口にさわるようで、踏み込むこともできずにどうしようもなかった。でも、いまはそういうわけにもいかない。

「——七海」

声がいつもと違うと気づいたのか、七海の顔つきが瞬時に警戒するような色を浮かべた。

「なに?」

いいたいことはたくさんあるはずなのに、なにも言葉にできないままに、進一は七海の顔を見た。食い入るように見つめているうちに、笹川と話したときのように頭のなかを奇妙な熱が支配する。相手を殴ったのとはまた種類の違う——意識が高揚して浮遊するような熱だった。自分で自分の感情がつかめない。理由もわからず体温が上がる感覚があるだけだ。ただその熱がどこに向かっているのかだけは感じとれた。

「……なんだよ」

怯《おび》えるようにわずかにあとずさる七海の頬にそっと手をかける。頬から顎《あご》に指をすべらせると、七海は茫然としたように目を見開いた。

「なに……」

進一はなにも答えないまま、その驚愕《きょうがく》した表情に吸い寄せられるように顔を近づけた。静かに唇にふれる。「や……」というかすれた囁《ささや》きを聞き取った途端に、それを吸いとるように深く唇をかさねて体重をかけた。

「——ん……んっ」

夢中でなにをしているのかわからなかった。七海にキスしている——と意識した途端に、胸をどんと突き飛ばされた。

「……離せよっ、この馬鹿っ……！」

間髪容《い》れずに平手打ちが飛んできた。よけたものの、七海がものすごい形相で睨んできたので進一は動きを止める。いまにも泣きだしそうに潤んでいるのに、七海の目は見るものを射抜きそうなほど激しく険しかった。

その強い目の光に貫かれた途端、進一は頭が冷えて視線を落とした。

「——ごめん」

隣に座り直すと、七海はいったん殴りかかるように体勢を整えたものの、手を上げる前に気がそがれてしまったらしくうつむいた。

七海は困惑したように何度も髪をかきあげていた。顔を上げたときには、皮肉げな笑いを浮かべていた。

「笹川からなに聞いたんだ？　俺の下半身事情でも面白おかしく聞いて、いまさらキスくらいしてみようかって興味がわいた？」

「そうじゃない」

「じゃあ、なんだよ」

返答によってはまた殴られそうな勢いだった。キスしたいなんて衝動の理由はひとつしかない。

「——好きだ」

七海が驚いたように目を瞠《みは》る。

言葉があっけないほど自然にこぼれおちたことに、進一自身も茫然としていた。

なんだ、胸の底にもやもやとしていたものは、こんなに簡単に説明できるものだったのかと。

「笹川を殴ったのも、妬《や》いたからだ。あいつの口から七海のことを聞きたくなかったから」

ひどく身勝手な言葉を口にしている自覚は、すべてを告げてしまったあとで遅れてやってきた。

七海は信じられないように瞬きをくりかえした。おそらく一分もたっていなかっただろうが、ひどく長い時間に感じられた。スローモーションみたいに、わずかな目線の動き、睫毛の揺れ、吐息を洩らす唇——そのひとつひとつの画が進一の視界に落ちてくる。

「——いまさら?」

ナイフのように鋭い一言だった。笑いだしそうにも泣きそうにも聞こえる震えた語尾が、進一の胸を容赦なくえぐった。

七海は泣き笑いの表情のまま、進一を睨みつけていた。それがふっと崩れる。

「……ったく、なにをいいだすんだか。笹川につまらないこといわれたせいで、頭に血がのぼってるんじゃないのか」

「違う」

「俺が昔、進一に好きだっていったから? まだその告白が有効だとでも思ってる? 俺はそう勘違いされないために、笹川との情けないつきあいも暴露したっていうのに」

「勘違いはしてない。それとは関係なく、俺が七海を好きだから」

「関係なく? ずいぶん勝手をいうんだな。いまさらそんなこといわれたって迷惑だよ。せっかく昔みたいに友達としてつきあいたくて、こっちは努力してたのに。……馬鹿らしい」

「──七海」

「帰ってくれ。進一がそんなにわけのわからないことをいいだすとは思わなかった。頭がパンクしそうだよ」

七海はうんざりしたように頭を振った。

「──帰れ」

半笑いのような表情は消えて、ただ鋭く進一を睨みつけてくる。

「早く帰れよ。俺の視界から消えてくれ。今日はもともと体調が悪いんだ。俺を殺す気か。気がきかないのもいいかげんにしろ」

体調が悪いといわれては、粘って話をするわけにもいかなかった。進一自身も少し混乱していた。これ以上、七海を刺激したくなかったので、仕方なく「わかった」と頷いて立ち上がる。

「早く」と七海はその腕をつついて玄関まで追い立てた。

「しばらく顔を見せるな」

最後の捨て台詞がそれだった。勢いに押されるまま、進一は部屋の外に出た。なにをいわれても仕方なかったが、ドアを閉められてから上着や鞄《かばん》が置いたままだったことに気づいた。

「──七海」

インターホンを鳴らすと、七海もすぐに気づいたのか、なにも応答がないままにドアが少しだけ開いた。

その隙間《すきま》からぬっと上着と鞄を持った手が突きだされる。あくまでも顔を見たくないという意思表示なのか。

大人しく上着と鞄だけ受け取るつもりだったが、ほっそりとした指さきの体温にふれた途端に感情を抑えきれなくなった。

「七海」

顔を見せてくれ、というつもりで腕をつかむ。てっきり強い抵抗に遭うかと思っていたのに、その腕にはまったく力が入っていなかった。

棒きれをつかんだのではないかと思うくらい手応えがない。ドアを大きく開くと、その場に立っていた七海が腕をつかまれたまま、ずるずると玄関にしゃがみこんだ。

「——七海？」

具合が悪くなったのかと心配になって肩をゆさぶったが、そうではないらしかった。七海は小さくいやいやするように頭を振って頑固にうつむいたままだ。

「顔を見たくない」

呟《つぶや》くような弱い声でくりかえす。まるで全身のエネルギーを使い切ってしまったように、手足に力が入らないらしかった。

しばらく待っても、七海は立ち上がることができない。自分でもどうしようもないらしく、顔面が蒼白《そうはく》になり、パニックを起こしたようにうろたえる。進一はあわてて七海のからだを支えて起き上がらせた。

「七海？」

七海はうつむいたままぎゅっと進一の腕をつかむ。たぶん強く握っているつもりなのだろうが、子どもみたいに頼りない力だった。

このままベッドに寝かしたほうがいいだろうと思って、リビングではなく寝室へと連れて行く。勝手に悪いと思ったが、七海はわずかにとまどったように肩をこわばらせたものの抵抗はしなかった。

ベッドに寝かせようとすると、七海は顔を手で覆うように隠す。目許は隠れていたものの、口許は泣きそうに歪んでいるのが見えた。

「なんでいまさら……俺は、うまくやるつもりだったのに」

「……七海」

あやすように名前を呼ぶのをくりかえしていると、七海の様子が少しずつ落ち着いてきた。やっと手をずらして、うっすら目を開いた。

「……俺はもうおまえのことなんか――」

「わかってるから」

「わかってるもんか。わかってないから、馬鹿なことをいいだすんだろ」

七海の瞳に勝ち気な表情が戻ってきて、至近距離から進一をねめつける。

どんなに睨まれても、怯むことはなかった。ただどうしようもない感情があふれてきて、吸い寄せられるように七海を見つめる。

いま、きちんとものを考えることができたら、決してこんなことはしないのに。

いつもの自分だったら、「落ち着いたら、また話そう」と上着と鞄をとって部屋を出て行くはずだった。

今夜、笹川と話をするまではこんなつもりじゃなかった。この部屋にきたときだって、ただ顔を見たかっただけだ。それ以上は望んではいなかった。

それなのに、いまはもう頭のなかが感情のバケツをひっくりかえしたみたいに、ひとつの想いで塗りつぶされていた。目の前にあるものをつかまえたいという恋情一色に。

(頼むから忘れてくれ)

以前、七海が告白したあと、茫然とした進一に向けてきたやわらかな笑顔は、泣きそうになるのを堪えている表情だった。あれは友人としてはつながっていたいという望みの表れだった。忘れてくれていいから、いままでどおりにしてくれ、と。

あのとき、七海が進一の前で決して崩れまいとしているのはわかっていた。下手なことをいって慰めて、その肩を抱いてしまったら、すべてが壊れてしまう。だから、進一はいまにも崩れ落ちてしまいそうな肩に手を伸ばさなかった。

泣かせてしまえばいいのに、泣かせなかった。

だが、結局なにもなかったことにはできなくて、ふたりのあいだには距離ができた。

ずっと後悔していたのは、七海との絆が断ち切られてしまったことだ。

どうせ壊れてしまうのなら、あのときに一気に壊してしまえばよかった。二度と顔を合わせなくてもいいから、震えている肩に腕を伸ばして抱きしめればよかった。「ごめん」と謝ればよかった。たとえそれが七海の望まないことだとしても。

「――ん」

なにかいいたげな唇をふさいだとき、てっきり再び突き飛ばされて殴られるだろうと覚悟していた。

だが、抵抗はなかった。七海は息苦しそうに胸を弾ませたまま、目許を真っ赤に染めて「進二」とかすれた声で呟く。目尻に涙がすっと滲《にじ》む。

「……俺は……」

その涙を吸いとるようにまたキスをする。七海は目を見開いたものの、なにもいわなかった。ただ涙が静かにあふれつづける。

とうとう泣かせてしまった。

だけど、これでようやく抱きしめることができる……。

再会してから不自然なほど何事もなかったように、滑稽《こっけい》な旧友同士のつきあいをしてきた。

無理な芝居の幕が下りて、ようやく本来の姿で向き合っているような気がした。真正面から対《たい》峙《じ》して、これからどうしようというのだろう。

わからないのに、進一は奇妙に胸が安堵しているのを感じていた。息苦しさが心地好い。ずっとこれを避けていたような気がする。

もっともっと苦しんでもいい。

——欲しい。

甘く苦いような痛みが全身を蝕《むしば》んでいく感覚に眩暈《めまい》がした。

6

来週に運営会議があるので、職場ではその資料作りに追われていた。各部署からの報告を吸い上げてからの作業になるので、どうしても遅れがちになる。

それでも塩崎の送別会の日には早めに作業を切り上げて、岩見が見つけてきた和風割烹の店に全員が集合した。

とりあえず粛々と一次会が終わり、二次会もすんで解散という運びになったのだが、岩見が「〆《しめ》に甘いものが食べたい」といいだしたので、進一と塩崎もそれにつきあって、カフェに入った。

職場での飲み会では酔うほどはめを外して飲む人間は上の世代だけなので、三人ともしらふのままだった。大勢で飲むよりも、こうして三人だけになったほうが気楽に話もできる。異動といっても、塩崎の場合は同じフロアの別部署なので、しんみりした雰囲気もなかった。

話の合間に窓際の席から通り過ぎるひとの流れにふっと目を移しているうちに、進一はぼんやりとしてしまった。ここ一週間、いろいろなことに追われて気を抜くひまもなかったせいだ。

「塚原さん、お疲れですね？　大丈夫ですか。今週に入ってから、忙しかったですもんね」

たしかに忙しかったが、年度末なので、これぐらいはあたりまえだった。進一は苦笑しながら姿勢を正す。

「忙しいのはみんな一緒だろ。俺だけじゃない」

「でも、塚原さんが顔にでるのは珍しい。塩崎さんは忙しくなるとカリカリするからすぐわかるけど」

「悪かったな」

塩崎が睨みつけると、岩見は軽く舌をだした。

今回とくに疲労がたまっているのは、精神的なものが大きかった。プライベートでも解決しない問題を抱えたままだからだ。

仕事しているあいだは考えないようにしているが、つい携帯を何度も確認してしまう。

笹川とやりあって七海の部屋を訪れたのは先週金曜日——あれからちょうど一週間だ。

あの晩、全身の力が抜けきったまま涙だけを流し続けていた七海を抱きしめて、何度もキスしているうちに眠ってしまった。苦しいのに満ち足りたような不思議な気分だった。

目が覚めたときにはもう日が高くなっていて、部屋には眩《まぶ》しい光が差し込んでいた。

七海はすでに起きていて、ベッドの端に腰掛けていた。

進一が起き上がると、七海はすぐに気配に気づいて振り返った。もう昨夜のように睨みつけたり、泣いたりもしていなかった。

憑《つ》き物が落ちたようにすっきりと冴えた表情をしていた。明るい日に照らされて、その輪郭がうっすらと光り、繊細さが剝《む》きだしになっていたが、弱々しさはなかった。やっぱり天女みたいな顔だちをしている――と進一はぼんやりと考えた。

「ひとりで考えたいから、悪いけど帰ってくれないか」

七海は静かにそう告げた。拒否する権利は進一にはなかった。

昨夜は抱きしめられたのに、朝になったらひどく距離があるように思えた。そして、その距離は「いまさら」という言葉を思い返せば当然だった。七海は玄関まで見送りに出てきて、「しばらく待ってくれ。落ち着いたら話をするから」と最後に伝えた。

だが、それから電話をしてもメールをしてもいっこうに返事がない。しばらく待てといわれてるのだから当然の反応とはいえ、気になるものは仕方なかった。あまりしつこくしても負担になるだけだろうし、何度か連絡を入れただけで待つことに決めたのだが……。

「塚原はあれじゃないか。先週のトラブルがこたえてるんだろ」

塩崎が指摘しているのは、往来で笹川とやりあった件だった。

岩見が「え、なんですか」と興味を示したが、塩崎は暴露していいものか迷ったらしく言葉を濁して、「おまえが説明しろ」と進一に話を振ってきた。

「知人と激しく口論してるところを塩崎に見られたんだ。それだけだよ」

「へえ、塚原さんが珍しい」

進一も相手を殴るほど激昂《げっこう》したことがいままでも信じられなかったし、岩見が目を丸くするのも当然だったが、みなが思うほど、自分は冷静な人間のつもりではなかった。

傍目《はため》には穏やかに見えても、感情を乱されることくらいある。とくに七海のことは……。

先日の夜、泣き笑いのような表情で茫然と自分を見つめてきた七海の顔が脳裏をよぎった。

(いまさら)

その一言が胸に重く響く。ほんとうにいまさらだ。昔、あれほど傷つけたくせに、自分勝手にもほどがある。

だが、七海にたとえ二度と顔を見たくないといわれても、伝えずにはいられなかった。ようやく再び築きかけたものをすべて壊してしまう結果になっても、知ってほしかった。自分が拒絶されるのは当然だから、仕方ない。それでも——どうしても。

「塚原さん、それにしてもちょっと顔色悪くないですか？　仕事で疲れてるってだけじゃなさそう」

進一が考え込んでいると、岩見が心配そうに顔を覗《のぞ》き込んできた。

普段はプライベートの問題があっても仕事中は頭を切り換えるのだが、今回ばかりは一日に何度も七海の顔が頭のなかにちらついているから表情にもそれがでているのかもしれなかった。

「悩みごとですか？　相談にのりますよ」

「——おい、こいつにだけは相談するなよ」

横から茶々を入れた塩崎に、岩見は「なんでですか」と嚙《か》みつく。

「おまえは短距離の直線コースでしかものを考えないじゃないか。俺たちの場合はもう違うの。入り組んでて長距離だし、いろいろ背負ってるの」

「三十路《みそじ》手前になると、そんなに人生語るようになるんですか。わたしもあと四、五年でそうなるのかな。怖いな」

「いや、おまえはたぶん違うコースを辿《たど》る」

ふたりのやりとりを見ているうちに気の重さが幾分薄れて、進一は笑いを洩らした。

普段なら岩見に好奇心に満ちた顔で「相談にのりますよ」といわれても遠慮するが、自分のなかから苦しさを逃したいような気持ちもあったのかもしれない。それとも自嘲《じちょう》したい気分だったのか。

「——岩見さん、じゃあ、たとえ話を聞いてくれる？　ずっと友達だった相手を好きだったとする。告白しても、相手はやっぱり友達としか思ってないから、つきあえないって結果になる」

岩見は興味深そうに「うんうん」と身を乗りだしてくる。

「数年後に、その振られた相手から反対に『きみが好きだ』っていわれたら、どうする？」

「いまさらふざけんな、死ね——ですかね？」

考えるまでもないというように、岩見は速攻で返してきた。

「正論だな」

進一は苦笑する。「死ね」といわなかっただけ、七海はやさしいのかもしれない。

「それ、どっちが塚原さんの立場ですか？　『ごめん』ってことわったほう？　それとも『ふざけんな』のほうですか」

「たとえ話だっていっただろ？」

進一は肩をすくめた。疑わしそうに「ほんとですか？」と岩見が食い下がってくる隣で、塩崎が「へえ」と鼻をならした。先日のトラブルとなにか関係していると思っているのだろう。

死ねといわれても仕方のない立場なのだから、考えていてもどうしようもない。再会してせっかく友人づきあいできるようになったのに——馬鹿なことをいったと後悔する気持ちはなぜか微塵《みじん》も浮かんでこなかった。

「あれ？」

知り合いがいたのか、岩見が突然席から立ち上がって手を振る。

「笹川くんー」

一瞬、誰かと思ったが、振り返ってすぐに七海の元彼の笹川だと気づいた。カフェの奥にいたらしく、もう立ち上がって帰るところらしかった。通りに面したテーブルに座っている進一たちを見て、笹川は驚いたように足を止める。

進一は小声ですばやく岩見に「知り合い？」とたずねる。

「うん。大学のときの友達ですよ。……あれ、一ノ瀬《いちのせ》さんもいる」

岩見の友人が以前七海と合コンをしたという話を思い出した。なるほど、あれは岩見と笹川が大学の友人だから、互いの縁が巡りあってそういう偶然が起こりえたのか。

笹川の後ろから七海がゆっくりと姿を現した。まさか連れが彼だとは思わなかったので、進一はさすがに息を呑んだ。ふたりは進一たちのテーブルに近づいてくる。

「――こんばんは。お揃《そろ》いですね」

七海は営業的な微笑《ほほえ》みで声をかけてきた。笹川を見て、塩崎は先日のトラブルの相手だと気づいたようだが、黙って会釈しただけだった。なにも知らない岩見が「こんばんは」と元気よく答える。

「笹川くんと一ノ瀬さんって……そっか。元は同じ会社だ。仲良しなんだ？」

笹川はそつなく「いろいろ相談にのってもらってて」と笑顔を見せた。岩見は笹川の性癖までは知らないらしい。

どういう理由で七海は笹川と会っているのか。想像するだけでいやな気分になったが、問いただすわけにもいかずに、進一は表情に感情がでないように苦心した。

七海の視線は、意識的に岩見だけに注がれていて、進一を素通りしていた。「少し待ってくれ」といわれているのだから、それまでは話すこともないという意思表示なのか。

七海と笹川は少し雑談を交わすと、すぐに立ち去っていった。時間にしてほんの数分だったが、進一にはやたら長く感じられた。

出口に向かうふたりを見送っているうちに、心のなかの重苦しさは最高潮に達した。

笹川からの相談――いままでなにを話していたのだろうか。これから、ふたりでどこかに行くのか。

夜の街に消えていくふたりの姿を想像するだけでじっとしていられなかった。このまま自分の部屋に帰っても、ずっとそのことを考え続ける。

「悪い。先に帰る」

いきなり立ち上がった進一を見て、「え」と岩見は驚いたが、塩崎は「お疲れさん」といっただけだった。体裁をとりつくろう余裕もなくて、進一はすばやくカフェから走りでる。

間に合うだろうか。外に出て、二人の行方を追う。右に行くのか、左に行くのかも勘にすぎなかった。だいたい追いかけてどうしようというのか。どこに行くんだと引き止めるのか。

そんな権利が――。

「七海」

方向はあっていたらしい。全力で走ったのですぐに追いつき、ちょうど地下鉄の入口のところにふたりの背中が見えた。

進一の呼び声に、七海と笹川はそろって振り返る。ハアハアと息を切らしている進一を見て、ふたりともあっけにとられているようだった。かなり間抜けなことをしている——と、進一は足を止めた瞬間に自らを笑うしかなかった。友人が男と消えてしまうのを恐れて、全速力で街中を追いかける姿は滑稽以外の何物でもない。

「——話がある」

呼び止めた手前、そういわざるをえなかった。七海はまっすぐに進一を見つめ返してきた。

「いいよ」

予想に反してあっさりと了承されて、進一はいくぶん気が抜けた。てっきり「また今度」と突っぱねられると思っていたのだ。

厳しい形相で進一を睨みつけている笹川に、七海があきれたように視線を移した。

「尚之《なおゆき》。おまえとの話は終わっただろ。仕事のことなら相談にのるけど、それ以外ではもう連絡してくるな」

「じゃあ仕事のことでまた連絡します」

「頻繁は困る。ほんとに相談があるときだけにしてくれ」

笹川は「はいはい」と肩をすくめた。

「それでも絶対に連絡してくるなとはいわないんですよね。駄目だなあ……七海さんはそこらへんが甘いから」

「いってほしいなら、いうよ。仕事のことなら、黒崎《くろさき》でもいいだろ。頼んでおいてやるから」

「いや、やめてください。あと、気が変わったらいつでもいってください。さっき話したこと、僕は本気ですから」

笹川はにっこりと笑ってから、ちらりと進一に目線をくれてから去っていった。どうやら進一が追いかけてこなくても、ふたりはこれから行く場所などなかったらしい。相談は終わって、帰るだけだったのだ。

なんだ——と脱力する進一の顔を見て、七海が小さく笑った。

「べつに走ってこなくてもよかったのに。あいつのことは『恋人としては相性が悪い』って、進一に話しただろ。そんな相手と自棄《やけ》や勢いでもう一度どうこうなるほど、俺はタフじゃないよ。傷つくことがわかってる行為をくりかえせるほど若くもないし。今日は駄目押しで、『もうよりを戻す気はないから』って彼に説明したんだ。もっと早くにそうすればよかったんだけど」

「……気になるのは仕方ないだろ」

ふたりで部屋に行くか、ホテルにでも入るんじゃないかと、みっともない想像を完全に見抜かれていて、進一は決まりが悪くなった。

だが、「気が変わったらいつでもいってください」と笹川はいっていた。あれは仕事の話ではないだろう。はっきりと振られても、向こうにはまだその気があるわけだ。

七海とつきあっていた男。よりを戻すのをことわられても、まだ本気だという男。

進一も簡単に引き下がるわけにはいかなかった。たとえ七海に疎まれたとしても——過去の件を考えれば、自分にその権利はないとわかっているのに。

「髪乱れてる。汗かくほど走って……」

七海はなにかいいたげな顔をしたが、ふいに気を変えたように口をつぐみ、「男前台無し」と進一の前髪をからかうように弾いてから、地下鉄への階段をおりていく。改札からはかなり距離のある入口だったので、地下の通路にはまばらにしかひとがいなかった。

「進一は会社で飲み会でもあった？　塩崎さんの送別会？」

「そう」

並んで歩きながら、七海は普通に話しかけてくる。いきなり先日の件をいわれるのも心臓に悪いが、何事もなかったようにされるのも勘弁してほしかった。

進一は小さく息を吐いたあと、覚悟を決めてたずねる。

「このあいだ、『しばらく待ってくれ』っていわれたけど、もういいのか。追いかけてはみたけど、口をきいてくれないのかと思ってたよ」

「よくないけど、こうして外で会って、ふたりで黙ってるわけにもいかないだろ。そっちのほうがしんどいよ。なんの罰ゲームだ。笹川がいるときに『話がある』って声かけられて——ことわったら、また進一が笹川を殴りそうだし」

「……そうだな」

理由がなんであれ殴ったことは笹川にあらためて詫《わ》びようと思っていたのだが、先ほどはかけらもそんなことを思い出せなかった。

「笹川も進一が怖いから、おとなしく帰ったんだよ。迫力あったから」

「……殴りかかりそうだった？」

「怖い顔してた。俺もドキリとした」

自分では間抜けなピエロみたいだと思っていたのに、傍目にはそう見えたのかと意外だった。

笹川を殴ったことといい、七海が絡むと、進一は普段のように冷静ではなくなる。いまに限ったことではなく、昔からその兆しはあった。学生時代も、竹内との関係を聞いたときには珍しく平静ではいられなかった。あのときはどうしてなのかわからずにもやもやしたものを腹の底に沈めたままにしておいた。

「なんで進一がそんなに俺に真剣で必死な顔見せるんだろう、この前いってたことは本気なのかって——思ったよ」

横目で確認すると、七海は笑っていた。進一の視線に気づいて、ふっとその瞳が遠くを見るような表情を浮かべる。

「だけど、よく考えたら、前にも同じことがあったんだ。大学のとき、竹内との関係を話したら、進一は怒ったよな。覚えてる？　俺はまるで責められてるみたいに感じた。あれで……内心、少し喜んだんだ。ひょっとしたら俺と竹内がそうなったのがいやでヤキモチやいて——進一も、俺と同じ気持ちなのかもしれないって」

当時、七海は食い下がる進一にうんざりした様子を見せていた。どうして竹内との関係を俺に話したんだと問い詰めたときに返された言葉は――「期待したから」。あのときは意味がわからなかった。

「竹内とは……」

「ほんとに一回だけだよ。彼が大学を辞めてから、会ったのも進一と三人で飲んだのが最後だ。しばらく連絡はきたけど……会えなかった。俺はどうしても気持ちの上では竹内に応えられなかった。いいやつだったし、あんなに好きだっていってくれたのに……どうして同じ意味で好きになれなかったんだろうって情けなくなったよ。だから、進一が俺に応えてくれないのもよくわかってた。実感として、わかりすぎて、いやになるくらいに」

七海の声はひどく落ち着いている。きれいに整理整頓されたアルバムの写真を説明するみたいに――感情がまったく込められていないわけではない。だが、うまく説明するために必死に暗記した台詞をしゃべっているような、奇妙に畳みかける不自然ななめらかさがあった。

聞いているうちに、どこかで台詞をいい間違えやしないかとはらはらするような、歯切れのよすぎる澄んだ声。

「俺にはよく理解できてたはずなんだ。だから、進一には最初気持ちを告げるつもりもなかった。あきらめたから、傲慢にも竹内に同情して、彼を通して自分も慰めるつもりで寝たんだ。

……なのに、竹内のことを聞いたときの進一の反応を見て、単純に喜んだんだ。馬鹿みたいに。ぬか喜びだったけど。……自業自得だな。あれが致命的だった。そういうのに潔癖な進一にいっていいことじゃなかったのに。進一は告白のとき、『俺を好きだっていうのに、なんでほかのやつと寝たんだ』ってわけがわからなくなったろ？　『まさか。だったらなんで竹内と――？』っていいたげに驚いた顔してたもんな。もしかしたら、わずかにあったかもしれない可能性も、俺が竹内とのことを告げた時点で消えてたんだ。そんなことにもすぐには気づかないほどテンパってて……期待して期待して、惨めったらしくつまらないいさぐりばかりいれながら、進一のそばにいた。ほんとに大馬鹿だろ？　思い出すたびに恥ずかしくて暴れたくなるよ」

七海はなんでもないように笑い飛ばしたが、その笑顔に反してドクンドクンと心臓が血を噴きだしているような音が聞こえてくるようだった。

旧《ふる》い傷口をえぐっているのは、進一だった。

あれからもう何年もたっている。進一がなにもいわなければ、七海がこんなことをわざわざ語る必要もなかったはずだった。

進一は息を呑んで腋《わき》の下を冷えた汗が流れるのを感じていた。地下通路の足音は響く。ＪＲに連絡できる地下鉄路線の改札まではまだだいぶ距離があった。七海は足を止めて、進一に向き直った。

ふたりが歩くのをやめてしまうと、周囲は怖いくらいに静まり返っていた。まるで時間を止めたみたいに。

「進一は変わらないな。昔と少しも変わってない。いまも、昔のままだ」

「七海……」

七海は眩しいように目を細めていた。いつかも見たような、泣きだすのをこらえているような、それでいて穏やかでやわらかい笑顔。

「進一は親しい人間が傷つくのがいやなんだよ。友達想いだから。俺が酷《ひど》い目にあったり、傷つけられているんじゃないかと思うと怒るし、なんとかしてやろうって思うんだ。いまも同じだ」

先日、夜は抱きしめることができたのに、朝になったら距離があると感じたことを思い出した。明るい光のなかで妙に冴えて見えた七海の顔——いまは人工的な地下通路の灯りの下であのときとまったく同じ表情を浮かべていた。いや、それよりも遠かった。

「七海はなにがいいたいんだ」

「進一がしたい話をしてるんだ。先週からずっと進一のいってくれたことを考えてたよ。俺を好きだって告げてくれたこと。……昔となにも変わってないはずなのに、進一の気持ちだけが変わったのはなんでなんだ？　いきなり俺が恋愛対象に見えたのか？　昔は駄目で、いまなら良くなった理由は？」

「——」

「俺も、昔となにも変わってないよ。なのに……加点の理由はなんなんだ」

思わぬところを突かれて、進一はとまどった。まさか理由を問われるとは思っていなかった。

「それが必要？」

「気になるに決まってるじゃないか。俺が元彼につきまとわれてかわいそうだったり、助けてあげなきゃいけないほど弱々しく見えたからってのが理由じゃないよな？　昔は男に好かれてびっくりしたけど、いまは要するに女の子を相手にするのと同じにすればいいんだって、扱いかたがわかったとか？　甘いお菓子と言葉をあげて？　──馬鹿にしないでくれ」

七海が時折棘《とげ》のあるいいかたをするのはわかっていたが、聞いていて気分のいいものではなかった。

「そうはいってないだろ。なんでそんないいかたするんだ」

「進一は俺に応えてやらなきゃいけないと責任を感じてるだけだと思うからだよ。まだ昔に振られたことを引きずってるって……自分ならなんとかできると考えたんじゃないのか。俺を救ってやろうとか」

「そんなんで好きになってたら、全部の相手に応えなきゃならないだろ。違うよ」

「……そうだな。でも──」

七海はふっと黙り込んで視線を落とした。

「進一は、俺を抱けるの？　男とセックスしたことあるのか？」

呟くような小さな声だったが、さすがにいきなりその発言をぶつけられるとは想像していなかった。

進一は突然、周囲が気になりはじめた。相変わらず静かで遠くからカツンカツンといくつかの靴音が聞こえてくるのみだったが、狼狽《ろうばい》せずにはいられなかった。まだひとが近づいてこないことを確認して問い返す。

「それ、いま話さなきゃいけないのか」

「大事なことだよ。実はゲイだったとか、バイだったとか——それがここ数年でわかったとかいう事情なら、確認したいんだけど。俺は、女性は駄目だよ。なかなか認められなかったけど、高校のときにつきあってみて、わかったんだ。いくらかわいいとか好きだと思っても、実際にはなにも感じないから。気に入ってる犬とか猫とかが好きな感覚と同じで」

淡々というが、七海はうつむいたまま決して視線を上げようとしなかった。

茶化しているわけではなく、真面目に話しているのを察して、進一も真剣に答えざるをえなくなる。

「ゲイではないし、男との経験もないけど……でも、七海のことは——このあいだの夜だって……」

抱きしめたし、キスもなんの抵抗もなくできた。正直なところをいえば、もっと肌にふれたいとさえ思った。なだめるようにからだをなでているうちに自然とシャツに手を入れかけたが、そのたびに七海がビクッと身をこわばらせるので、なけなしの理性で動きを止めたくらいなのだ。

あらためて言葉にしようとすると、ひどくいたたまれない。さすがに欲情しました、と声にだして相手に告げたことはない。

七海はやや顔をあげたものの、相変わらず視線をそらしている。

「……たしかにこのあいだはキスしてくれたけど——でも、鳴いてる子犬を見たって、進一は抱き上げてなでまわしてキスぐらいするだろ」

「なんですぐに犬とかの話にするんだ」

「わかりやすく譬《たと》えてやってるんだ。進一が男を好きだっていうなら、話はべつだけど」

要するに自分の気持ちが信じられないのだとわかって、進一は息をついた。

「——抱けるよ」

意外なほどすんなりと声にだすことができた。

七海は表情を変えなかったが、わずかに視線がゆらいだ。

先ほどまでこんなところでする話ではないと思っていたのに、七海の顔を見ていたらいますぐにでも抱きしめたいような気持ちになった。

抱きしめて、キスして——それから。

熱に浮かされかけた気持ちを一気に冷やすように、七海が鋭く視線を合わせてきた。

「……いまはいいけど、この先は？」

それはひどく感情を抑えた、それでいて重くのしかかるような声だった。

「将来はどうするんだ？　笹川と同じように『いずれは結婚するから』っていうのか」

「そんなわけが……」

進一が否定しようとするのを、七海はゆっくりと遮った。

「じゃあ、このまま女性と縁がなくなってもいいのか。進一が必死に頑張ってくれても、それは無理だ。俺は進一をよく知ってる。……お母さんに女手ひとつで育てられてきて、かわいい妹がいて、家族思いでいざとなったら母親と妹を支えるんだって、羽目を外さずに優等生で……いい会社にも入って、なにもかも順調なのに――ゲイでもないのに、この先ずっと男と生きられるわけがない」

「…………」

生きられる、と即答できなかったのは、迷ったわけではなく驚いたからだった。

正直なところ、七海がいうように先のことまで具体的に考えたわけではなかった。だが、決していいかげんな気持ちではない。

すべて壊してもいいからと思って抱きしめたのだから、必要だというのなら、きちんと考える心づもりはあった。

だが、進一がなにもいわないうちから七海はかぶりを振った。

「進一には無理だよ。俺にも無理だ。俺はなにも変わってないっていったけど、年だけはくったんだ。それは進一も同じだろ。まだぎりぎり二十代で感覚的にはなんにも変わってないけど……いろいろ考えることはあるんだよ。だから、いまになって進一の気持ちが変わる理由がわからない。無茶に見える」

七海が決して「いまさら」と過去にこだわって拒んでいるだけではないのがよくわかった。気にしているのは未来のことだ。

なにも変わっていないと七海はいう。進一もそうかもしれないと思う。だとしたら、いまになって変化したものではなく、昔からすでに自分のなかに存在していた感情なのに、きちんと意識していなかっただけだ。

時間がたったからこそ、気づけたものかもしれないのに。

「好きだっていってるのに?」

「好きでも、無茶は無茶だよ」

七海は表情をゆるめて笑いを見せた。

「ほんとは……笹川も、いままでとは考えを変えるからっていってきてくれたんだ。家のことはもうどうでもいいって。俺が好きだから……相手にも悪いし、形式だけの結婚なんてこの先ずっとしないって。時間がかかったけど、本気で決心したからチャンスをくださいって」

先ほど笹川が「僕は本気ですから」といっていたときの顔を思い出して、進一は固唾《かたず》を呑む。

「笹川はついよけいなことまで口にするタチだから、進一は誤解してるだろうけど、あいつはそんなに悪いやつじゃないんだ。だいたい最初から『いずれ結婚するから』って馬鹿正直にいってる時点で、えらく不器用なやつだってわかるだろ。あいつなりにしがらみがあるなかで、ちゃんといろいろ考えてくれてるんだ。でも——そういうやつだからこそ、俺はことわったんだ。そんな決心されても困るから。あいつの人生を変える気はない」

笹川に対する拒絶の言葉のはずが、進一の心にも深く突き刺さる。

七海はまっすぐに進一を見つめる。唇には穏やかな笑いを残していたが、目は笑っていなかった。毅然《きぜん》とした瞳を見れば、その言葉が笹川に対するのと同時に進一への答えでもあるとわかった。

「七海」

食い下がろうとしたが、相手は受け付けなかった。

「——友達でいてくれればいい」

それははっきりとした宣告に聞こえた。最後通牒《つうちょう》を突きつけられた気がして、進一は二の句が継げなくなる。

「気持ちのタイミングが合わなかったんだ。俺が進一のことを好きでどうしようもなかった時期と、進一が俺を好きになってくれた時期と。……さっきもいっただろ？　俺はそんなにタフじゃないんだ。同じことはくりかえせない」

うるさい携帯の音で起こされた。妹の雪菜からだとわかって、進一は放置したままもう一度ベッドに横たわった。

時刻は午前十時を回ったところだ。

昨夜、七海から拒絶の言葉を伝えられて、さすがに神経がまいっていた。いまは落ち着いてひとりで考えたい。誰とも話したくなかった。

しかし、留守録にメッセージを入れただけでは満足しなかったらしく、数分後にもう一度携帯が鳴った。やはり雪菜からだった。

進一はあきらめて電話に出る。「なに?」と思いきり不機嫌な声をだしてやった。

『お兄ちゃん、寝てたの?』

「寝てたよ。土曜日の午前中は勘弁してくれよ」

『でも今日はうちにくるんでしょ? お母さん、はりきってお昼から料理作るつもりだよ。忘れてるんじゃないかと思って、電話してあげたのに』

一人暮らしをはじめてからあまり実家に帰っていないので、雪菜から何度も顔を見せにくるようにといわれていた。いつも曖昧な返事をしていたのだが、数週間前にせかされて、カレンダーで日にちを指定してしまったことを思い出す。……すっかり忘れていた。

「覚えてるよ。だけど、昼から行くなんていってない」

『だから、電話してあげたんじゃない。お昼ごはんから予定してるから、早くきたほうがいいよって』

「わかった。気がきくな」

『そうでしょ？　せっかく起こしてあげたのに、迷惑みたいな怖い声だされてすっごい理不尽なんだけど』

「ごめん。ケーキでも手土産《てみやげ》にもっていくから」

『あ、じゃあ「赤い屋根」のケーキがいい』

近所のお気に入りのケーキ屋だった。

「わかった。じゃあ、白いふわふわのチーズケーキを入れるんだな」

進一が好きなケーキの名前を確認すると、雪菜はすぐに機嫌を直して『うん。待ってるね』と電話を切った。

ためいきをつきながら携帯のメールを確認するが、七海からのメールはなかった。

昨夜、とりあえず別れたあとに「もう一度あらためて落ち着いた場所で話をしたい」とメールを書いて送信しておいたのだ。地下鉄の連絡通路で慌ただしく話しただけで終わりにされるのは、さすがに避けたかった。

——返事はなし、か。

こちらからしつこくしても追い詰めるだけなので、もう少し待ったほうがいいのだろうか。待つといっても、もうはっきりと拒絶されていて、結論はでてるのに？

進一は再度嘆息しながら携帯の画面を閉じた。

妹の機嫌は簡単にとれるのに——。

七海の機嫌のとりかたなどわからなかった。考えたこともない。そうする必要などなかったから。

いまも必要はないはずだった。進一がそんなことをすれば、七海はきっと皮肉げに「女の子扱いすればいいと思ってるのか」と返してくるだろう。

じゃあ、七海が喜ぶのは？　欲しいものはなんだ——？

実家に顔をだす気分ではなかったが、前から約束していたのだから反古《ほご》にするわけにもいかなかった。進一は身支度を整えるとマンションを出た。

七海の部屋に行きたい気持ちは山々だったが、いま顔を合わせても昨日と結果は変わらない。七海が口にした「気持ちのタイミングが合わなかった」というのは、漠然としているが、感覚的に理解できてしまうのだ。

感情の曲線が交わるピークが少しずれてしまったという経験は進一にもあった。単なる好意が恋情に変わるのは、たいていの場合、ほんのちょっとしたきっかけとタイミングだ。七海がもういまさらしんどいというのなら……？

まったく理解できない理由なら、やみくもに押しまくることもできたのに。

「お兄ちゃん、おかえり」

実家に帰ると、ドアが開く音を聞きつけて、すぐに玄関まで雪菜が出迎えにきてくれた。注文通りに買ってきたケーキの箱を渡すと、「ありがとう」とキッチンに駆けていく。

「お母さん、お兄ちゃんが帰ってきたよ」

母親はキッチンでガス台の前に立っていた。「ただいま」と進一が声をかけると、「おかえり」と振り返る。手が離せないところなのか、すぐにガス台に向き直ってしまった。

働いていて外に出ているせいか、苦労しているわりには、母親は実年齢に比べたらだいぶ若く見えた。なんでもてきぱきとこなして、いつも忙しそうに動いている印象がある。

母親はしばらくたってから鍋をかかえてテーブルに向き直り、戸口に立っている進一を「まだそこにいたのか」というように見た。

「進一、そんなとこに突っ立ってないで、野島《のじま》さんに挨拶《あいさつ》してらっしゃい」

いくぶん拍子抜けだった。帰ってこいといわれたから帰ってきたのに、ずいぶんとぞんざいな扱いではないか。

雪菜からは「お母さんがお兄ちゃんが帰ってこないことを気にしてる」といつも聞かされていたが、母親の電話の様子からもそんな素振りは感じたことはなかった。

「おかえり、進一くん」

土曜日なので、母親の再婚相手の野島も居間のソファにのんびりと座っていた。彼は母親より五つ年下の仕事仲間で、昔から進一もよく知っている相手だった。

進一は差し向かいのソファに腰を下ろす。

「ただいま、野島さん」

「きみが帰ってくるっていうから、お母さんも雪菜ちゃんも大騒ぎだよ。いい男は大変だね」

たったいま邪険に扱われた身としては皮肉にしか聞こえず、進一は肩をすくめてみせる。

「一緒に住んでる頃は、下僕みたいな扱いだったんですけどね。ふたりにいいように使われて。いまも変わらないけど」

「いやいや、いなくなってみて、そのありがたみがわかったんだよ」

「野島さんも時折、家を空けたほうがありがたがられるかもしれないですよ」

「そうだなあ。そろそろ邪魔にされはじめてるからなあ」

野島は顔をくしゃっとさせて笑った。

再婚する際にも、野島は進一と雪菜にはいままでと変わらない関係でかまわないといった。お義父《とう》さんと呼べなんていわないから、と。ちょうど雪菜も高校を卒業したし、進一はすでにもう大人だったので、現実的な対応だった。

そのためか、再婚の際にもほとんど抵抗がなかった。周囲は進一が複雑な気持ちでいるのではないかと気遣っているが、もう少し若い頃ならともかくいまの年齢でそれはなかった。むしろ母親の新しいパートナーになってくれたことを感謝している。

家に顔をださないのは、たんに忙しくて面倒くさいのと、自分の独立が遅かったので里心をつかせないためにすぎなかった。それと——母の再婚やその相手には抵抗がなくても、感傷的になるのは否めなかったからだ。

たしかに母と妹がいるから、昔から家を出て一人暮らしをしようとは思わなかった。ふたりのためというのもあるし、自分自身がそうしたかったからだ。

父が亡くなってから少しばかり感じていた重圧は、雪菜が高校を卒業し、母もまたそれを待っていたように再婚を決めたことで、すべてなくなった。

なにもかも自由にしていいのだ。そうなってみて初めて、責任があるから縛られていたわけではないことに気づく。

自分がしたいように行動していただけなのだと。

「進一、すぐにお昼ごはんだけど、大丈夫？　少し早い？」

居間で野島と仕事の話などをしていると、食事の支度を終えたらしい母親が呼びにきた。

「大丈夫だよ。朝食べてないから」

「朝はちゃんと食べろっていったでしょ。家にいるときは食べてたじゃない」

「ひとりでも食べてるよ。今日は休みだから、ゆっくり寝てただけ」

母親は疑わしそうにじろじろと進一を眺めた。

「ほんとに？　きちんと食べなさいよ。忙しいからしようがないんだろうけど」

「食べてるから大丈夫」

「なら、いいけど。じゃあ、お昼にしましょう。早くいらっしゃい」

母親は口許をほころばせると、立ち去るときに、ぽんと進一の肩を叩いていく。「よく帰ってきたわね」と手放しで喜ぶようなタイプではないが、その一瞬の手のぬくもりから語らなくても多くのものが伝わってきた。

進一は野島と連れだってダイニングに向かった。久しぶりに帰ってきても、うちの雰囲気はいつもどおりだった。野島という新しい家族が加わっても変わらない。

食卓について、家族と一緒に食事をとりながら、七海の顔が脳裏にふっと思い浮かんだ。七海も学生の頃は家族のような存在だった。いつも連れ立っていたが、わざわざ一緒にいようとする努力は必要なかった。

卒業しても縁は続くものだと思っていた。だが、その縁はあっけなく途切れた。仕事の偶然がなかったら、一生会うことはなかったかもしれない。

でも奇跡的に会えた。顔を合わせてみれば、以前と変わらない感覚がすぐに戻ってきた。たとえ拒絶されても、「友達でいてくれればいい」といってくれている限り、また時間がたてば飲みにいくような関係には戻れるのだろうか。

それが七海の望みなのか——？

「お兄ちゃん、七海くん、最近忙しいの？」

食事の途中だということも忘れて、進一がぼんやりと考えていると、いきなり雪菜が七海の名前をだしてきたので、少しばかり動揺した。

「七海？　時期的にどこでも忙しいと思うけど」

「そっか……今日も七海くんにうちに遊びにこない？　ってメールしたんだけど、『最近、寝不足で休みは一日中寝てるつもりだからごめんね』って返事がきたんだ」

さすがに寝耳に水で、進一は仰天した声をあげざるをえなかった。

「今日、家に七海を誘ってたのか？　おまえたち、連絡とってるのか？」

「お兄ちゃんがわたしの番号とアドレス教えたでしょ？　料理作ってごちそうしたあとに、七海くんからすぐに電話がかかってきて。それからたまーにメールしてるよ」

唖然《あぜん》とする進一の脇から、「七海くんて、高校、大学で進一と一番仲が良かった子でしょ？」と母親が思い出したように話に参加してきた。

「雪菜から話を聞いて、わたしからも『進一がうちに戻ってくるときに一緒に遊びにきなさいよ』って伝えてもらったのよ。あの子、かわいい子だったものね」

野島が「へえ」と関心を示す。

「どんな子だったの？」

「雪菜がちょっと憧れてたのよね。綺麗な顔の男の子だったから。お父さんと二人暮らしで、そのお父さんも仕事で忙しいひとだったみたいだから、よく『ごはん食べて行きなさい』って声かけたんだけど。年頃の子なのに、わたしとか雪菜にも愛想がよかったわね」

進一は複雑な気持ちになるのを否めなかった。実家に帰ってきて、これほど七海の名前を聞くはめになるとは思わなかったのだ。

いまのふたりの状況を——自分の七海に対する気持ちを考えると、少しばかり後ろめたい。

「七海くん、地元には家がなくなってからきたことないから、なつかしいなあっていってたのに。今度きてくれるかな」

雪菜のためいきを聞いて、進一は「え」と食事の手を止める。

「家がなくなったって、なんのことだ」

「聞いてないの？　七海くんの住んでた家、いまは別のひとが住んでるんだよ。売っちゃったんだって。去年、お父さんが仕事で中国に行くことになっちゃって、最低でも五年は戻ってこないし、もしかしたら骨埋める覚悟になるかもしれないって話になったみたい。七海くんも一人暮らししてたから、残しててもしようがないって。だから、『俺にはもう帰るとこないんだよ』って淋しいこというから、『うちに遊びにくれば？』って誘ったの」

「——俺は知らない」

数年ぶりに会ったから、最初に飲みにいったときに互いの近況報告はしたが、七海は実家のことには一言もふれなかった。あまり話したくないことなら、仕方ないかもしれないが。

昔から七海の家が少し複雑なのは知っていた。父親との仲はべつに悪くないようだったが、仕事が忙しいひとで七海はそれをあたりまえのように受け止めていた。

七海の近況もろくに知らずに、自分の気持ちを押しつけて——七海のことが好きで、誰よりも力になってやりたいはずなのに、いったいなにをしてるんだと自らを叱咤《しった》したくなる。

昼食が終わると、進一は二階にある自分の部屋に引っ込んだ。昼寝をするためといったが、ほんとうはひとりになりたかったからだ。実家にいるあいだは七海のことを考えないようにしようとしていたのに、そういうわけにもいかなくなった。

「ねえ、お兄ちゃん。もう寝た？」

突然、部屋のドアがノックされた。寝ているふりをしようと思ったが、どうせあとでうるさいことになるので、進一は仕方なくベッドから起き上がる。

「なに？」

「ちょっと話があるんだけど、いい？」

「いいよ」

雪菜が部屋に入ってきて、ベッドの端に腰掛けた。乱れた髪をかきあげている進一を見て、

「寝てた？」と申し訳なさそうな顔をする。

「まだ眠れなかったから、いいよ。なに？」

わざわざ部屋に訪ねてきたのに、雪菜はいざとなるとなかなか口を開かなかった。「あのさ」といいにくそうに切りだす。

「七海くんのことなんだけど、ひょっとして、お兄ちゃんとはもう仲が悪いの？」

「なんで？　突然」

雪菜にこんなことを問われるとは思っていなかった。メールで七海からなにか聞いているのだろうか。

「わたしはほら……昔、七海くんがお気に入りだったじゃない？　お兄ちゃんも知ってるだろうけど」

はっきりと好きだったといわないあたりが、微妙な年頃の娘らしいのかもしれない。いま考えると、雪菜が七海に好意をもっていた状況はなかなかに複雑だった。妹を心配する兄としても、そしていまは七海を好きな自分としても——二重の意味で。

「バレンタインのチョコあげたり？」

「そう。だから、この前、お兄ちゃんと七海くんが仕事で会ってまた連絡とるようになってうれしかったんだけど、もしかしたら、大人の事情ってやつがあるのかなと思って」

「大人の事情ってなんだよ」

笑いとばしたものの、雪菜がいったいなにをいおうとしているのか気になった。まさか知っているのか。

ふたりが疎遠になった原因を——？

「ほら、いくら昔仲良くても、つきあわなくなることってあるじゃない。わたしもいまだにお母さんに『麻紀《まき》ちゃんはどうしたの』っていわれるんだけど、麻紀ちゃんとはトラブルがあって遊ばなくなったの。だから、お兄ちゃんと七海くんも仕事で仕方なく顔を合わせたけど、もう親しくしたくないのかなあって。さっき、ごはんのとき、わたしとお母さんが七海くんの話をしたら、お兄ちゃん変な顔してたでしょ？」

そっちのほうか、と進一は苦笑する。

よく考えてみれば、七海が過去の経緯など雪菜に話すわけがなかった。「無茶だよ」といった意味は、もし家族に知られたらどうするんだという危惧《きぐ》も含まれているのだから。

「べつに気にしなくていいよ。大丈夫だから」

「そうなの？　でも、ちょっと怖い顔してたから」

「あれは違うよ。……俺が事情をなにも知らなかったから」

七海を好きなくせに、肝心なことはなにも知らない。大変なことがあっても相談にのってやることもできずに、いまさら悩ませて空回りばかりしているようで、自分自身にあきれていたのだ。

「お父さんが帰ってこないとか、家を売ったこと？　だって七海くんはお兄ちゃんの前では強がりだからそんなこといわないわよ。ちょっと愚痴っぽい話じゃない」

　雪菜が訳知り顔であっさりといいきるのに、進一は目を丸くする。

「なんで七海が強がりだって知ってるんだ？」

「前から知ってる。一応、小学生のときとはいえ、本命チョコあげたひとのことですから」

　得意げな雪菜を見て、別のことが気になってしまった。

「おまえ、七海のこと――まだ好きなの？」

「え。やだ、まさか」

　あっさりと否定されて、ひそかに安堵のためいきを洩らす。もしまだ好きだといわれたら、カミングアウトするよりももっと重大でややこしい問題が発生してしまう。

「わたし、彼氏いるもん。それに――昔にきっぱり振られてるから。『雪菜ちゃんは進一の妹だから。大切な友達の妹を奪ったら、進一に恨まれるから、俺はいやだよ』って」

　大切な友達――いったいどんな顔をして、七海はそんな台詞をいったのだろう。想像してみたが、高校の頃の彼を思い浮かべても、正解だと思える表情が思い浮かばなかった。真剣な顔をしていたのか、冗談をいうように笑っていたのか。

　当時はほんとうに友達にすぎなかった？　それとも、もう違っていたのか。ほかの感情がすでにあったとしたら、どういう想いを込めて？

　七海が自分のことを違う意味でいつから意識してくれていたのかも、進一は正確には知らないのだ。そしていまも、母親や雪菜でさえ知っている情報すらも知らない。ほかにもきっと知らないことがたくさんあるに違いなかった。

もっと七海を知りたかった。学生の頃は知っているようでいて、なにも知ってはいなかった。本気で知ろうとしていなかったのかもしれない。近くにいてくれるのがあたりまえのような気がしていたから。

進一と七海が険悪ではないとわかると、雪菜はほっとしたようにベッドから腰をあげた。

「……そっか、ふたりが喧嘩してないなら、いいんだ。ごめんね、邪魔して」

部屋を出ていく際、雪菜はドアの手前でふと足を止めて振り返った。

「それから――お兄ちゃん、ありがとう。今日、お兄ちゃんが家に帰ってきてくれて、お母さん喜んでるよ」

思いがけず礼をいわれて、進一は面食らった。雪菜にあらためて礼をいわれたりすると、異常気象の雪でも降りそうな気がした。照れくささのあまり、「そうかな」と首をひねる。

「母さんはおまえがいうほど淋しがってはいないと思うけどな」

「お母さんは顔にださないだけだよ。お兄ちゃんにうるさく干渉しちゃいけないって思ってるから。わたしもほんとは『お兄ちゃんに甘えるの、ほどほどにしなさい』っていつも注意されてるんだよ」

母親が意識して、息子の行動に口だししないように気をつけているのは、進一も以前から理解していた。さばさばした態度をとるのも、よけいなものに縛られずに自分の好きなようにしてほしい心理からだということも。

「これ、内緒ね」

雪菜が指を唇にあてながら部屋を出ていくのを見送って、進一は心の底に残っていた古い枷《かせ》が消えていくような感覚に肩の力が抜けていく。

もし母や雪菜に、進一が七海を友達としてだけではなく好きなのだと知られたらどうなるだろうか。いくら理解がある家族でも、驚くに決まっていた。なかなか認められないかもしれない。七海が「無茶だ」というのは当然だった。

それでも自分はしたいように行動するしかない。いまはようやくその時期だった。

学生時代、七海に告白されたときの記憶を頭のなかでコマ送りで再現する。

あのとき腕を伸ばしていたら――ともう後悔したくなかった。いまの自分にはそれが一番大切だった。

7

七海《ななみ》からはなにも連絡がないままだった。

週が明けて、金曜日には仕事の打ち合わせで顔を合わせる予定になっていたので、その前に一度話をしたかった。

どうしたら返事をもらえるのか考えあぐねたすえに「雪菜《ゆきな》とは仲良くメールしてるんだって?」とメールを送信したら、初めて反応があった。

『俺は女性は駄目だっていっただろ?　雪菜ちゃんをたぶらかそうなんて思ってないから、安心してくれ』

雪菜の件だけはきちんと答えてくる。進一《しんいち》が本気でその心配しているとでも思っているのか。

打ち合わせの前日、帰宅してから駄目元で電話をかけてみた。期待していなかったのに、思いがけず七海がでた。

『進一、先週の土曜日に実家に戻ったんだって?　羨《うらや》ましいな。おばさんの料理、美味しいから』

七海はすでに雪菜から進一が実家に戻ったときの事情を聞いていて知っているらしい。

「雪菜がおまえにも声かけたって?」

『そう。トラブルさえなかったら、俺も一緒に家にお邪魔して久しぶりにおばさんの手料理を味わえるはずだったのに』

トラブル。自分が告白したことはそう分類されているのか。

七海は昔は駄目だったのにどうしていまさら気持ちが変わったのかと訊いてきたが、いくら考えても、進一は自分の気持ちがいつ変化したのかはわからなかった。

はっきりとしたのは再会してからだが、その根っこは学生のときから始まっていた気がするからだ。加点の理由など思いつかない。いきなり変わったというよりも、親友だと思っていた頃から、ずっとつながっているとしかいいようがない。

「……七海、俺は家族におまえのことを話せるよ」

七海は一瞬沈黙した。

『なんの話?』

「七海が好きだっていえる。すぐには無理かもしれないけど、うちの家族はきっと理解してくれる。理解してもらわなくても、俺は……」

七海がふっと息を吐いた。

『そうだな。進一の家族はわかってくれるかもな。いいひとたちだから。もし理解してもらえなくても、進一は家族よりも俺を選んでくれるって感動的な話をしようとしてる？』

　茶化すようにいわれて、進一は語気を強めた。

「七海――もう一度きちんと話をしたいんだ。電話じゃなくて、話をするために会ってほしい」

『進一はなにか誤解してる。俺はべつに進一に家族や世間体よりも俺を選んでほしいなんて思ってないんだよ。昔、いっただろ？　彼女は一〇〇％求めるから、なかなか応えられないって。だから、俺は一〇％ぐらいでもいいって――あれは、いまも変わらないよ』

　あのときはなんでそんなことをいうのだと疑問だったが、あとから七海の心情を思い返してみれば、胸の底が引きつれるような痛みが疼《うず》く。

「あのときとは事情が違う。俺はもう――」

『いいんだよ。俺はそういう進一が好きだったんだから。大切にできるものがある進一が――家族のことを考えたり、ちゃんと一〇〇％応えられないから彼女に悪いって考えるような……そういう進一の律儀で善良なとこが好きだったんだ。「思い出づくりだから」って竹内《たけうち》と一回だけ寝た俺を、「無責任だ」って責めるようなクソ真面目なところがさ。実際、俺は竹内の気持ちに応えられないのに必要以上に期待させてしまって悪いことをしたから、おまえのいうとおりだったんだ。……学生時代、大木みたいな嫌なやつでも、進一には好かれようとしてただろ？　気づいてた？　あいつが俺に色々つっかかってくるのも、自分が進一と親しくなりたかったたからだよ。あれは進一が公平な人間だって知ってたからだ』

「七海、俺は……」

進一が言葉を挟もうとしても、電話口からは途切れることなく七海の声がとつとつと流れてくる。

『公平でバランスがいい人間だから——俺も、進一のそういうとこが好きだったんだよ。きちんといってなかったから、いま伝えておくよ。俺自身がバランスの悪い人間だから、おまえのそういう部分に惹かれてた。だから、進一にすべてを捨てて俺を見てくれなんて望んでやしないんだよ。少しも考えたことない。だって、そうなったら、俺の好きな進一じゃなくなる。いまも——こうやって仕事で顔を合わせる前に、なんとか気まずくならないようにしようって、進一は電話してくれてるじゃないか。俺がずっとメールも電話も無視してるにもかかわらずだ。最初に再会したときもそう。俺がメールを無視しても怒らないで、ちゃんと「飲みに行こう」って声をかけてくる。……そうやって動いてくれるから、俺はとても楽になれるんだ。今夜も、こうして話せたおかげで、明日はどんな顔して仕事にいこうかって悩むことなくすっきりと眠れる。ありがたいことだ』

そんなことで感謝されたくなかった。進一のほうこそ七海がそうやって正直に気持ちを伝えてくれるから、うまくつきあってこられたのに。

七海は意図的に話をずらそうとしてしゃべっている。言葉を挟む隙《すき》を与えずに畳みかけるような調子だった。

「七海——俺の話を聞いてくれ」

『聞いてるよ。だから、俺がどんなふうに進一を好きだったのか、話してやってるんじゃないか。要するに、俺は進一が男との関係でぐちゃぐちゃになって悩むところなんて見たくないんだよ』

話を打ち切ろうとされても、引き下がるわけにはいかなかった。

「昔、おまえが告白してくれたとき、俺はおまえに満足に答えもしなかっただろ。だから、ずっと後悔してたんだ」

『昔のことはいいんだよ。あれは俺が進一に「忘れてくれ」っていって答えさせなかったんだから。俺のほうが逃げたんだ。……昔も、いまと同じだな。俺は進一が好きでも、おまえとの未来は思い描けないんだ。俺のほうが覚悟もないのに、引っ掻《か》き回してるんだよ。だから、進一が気にすることはない』

未来が思い描けない——といわれてしまっては、さすがに進一も黙るしかなかった。

七海は諭すような声をだす。

『なあ、進一……俺と再会したのなんて、ほんとに偶然じゃないか。もしかしたら会わなかったかもしれないのに……そんなんで、進一の将来の方向性を変えたくないいんだ。責任もてない』

「七海に背負えとはいってない」

『じゃあ、俺が勝手に怖がってるだけだ。それで納得してくれればいい。何年も会わなかったんだ……俺は進一がいなくても、それなりにやってきたよ。進一だってそうだろ？　俺に会わないあいだに想いを募らせてくれてたわけじゃないだろ？　俺だっていつまでも引きずってやしないし、つきあってたやつだっている』

たしかにそのとおりだった。七海に会わなくても、進一の時間はそれなりに流れてきた。思い出すと、悔やんだりやりきれない気分になったりしたけれども、それだけを見つめてきたわけではない。

「でも、会えたろ？　久しぶりに会って、自分の気持ちに気づいた。七海が大切だ。それじゃ駄目なのか」

『…………』

七海が初めて黙り込んだ。いままで進一にしゃべる隙も与えなかったのに、もう打つ弾が切れてしまったかのような沈黙だった。

なぜあのときは駄目だったのかと後悔しても仕方がない。きっとさまざまな理由で自分は気づけなかったのだ。だが、もう機会は逸したくなかった。

しばらくしてからようやく七海が口を開いた。

『……明日は普通に顔を合わせよう。もう時間も遅いから、おやすみ』

電話は静かな声で切られた。

好きになるタイミングが合わなかった——。

友達でいたいというのが七海の心からの望みなら、進一が食い下がるのは苦しめるだけなのか。早く引くべきか。七海が以前、進一に対してそうしたように——？

電話をもらったおかげで眠れると七海はいったが、進一はとうてい眠れそうもなかった。


翌日の打ち合わせでは、技術担当の三田《みた》と七海が揃《そろ》って現れた。

会議室で岩見《いわみ》と並んで顔を合わせた際、七海はごく普通に頭を下げてきた。進一もそれにならう。

打ち合わせでは納期までのスケジュールが説明されたあと、三田が仕様についての細かい質問をしてきた。

次回までにシステムのデモ画面を作成してくるので、その際に最終的な確認を——というところまで話が詰められた。

すでに技術面に話が移っていたので、七海は確認事項の際に口を挟むだけだった。黙っているときは能面のような顔つきに見えたが、話すときには表情をやわらげる。営業らしく段取りをつける口調はスムーズだった。どちらにしろ進一とのプライベートなトラブルなど感じさせないクールな態度だ。

「——では、次は二週間後をめどに。またあらためてご連絡差し上げますので」

次回の日程のだいたいの日取りを決めて打ち合わせは終了となり、おのおの席を立つ。

「それでは失礼いたします」

「よろしくお願いいたします」

帰り際、七海の表情をちらりと見たが、まったく動揺していなかった。当然だ。普通に顔を合わせようといっていたのだから。

進一自身もいつもと変わらない顔をしているはずだった。仕事の話をしているあいだも、ちらりちらりと昨夜のやりとりが頭に浮かんだが、集中できないほどではない。結局、ほとんど眠っていないが、会社にくればそれなりに仕事をこなしている。

(俺は進一がいなくても、それなりにやってきたよ。進一だってそうだろ?)

そのとおりだった。いくら気まずいことがあっても仕事で顔を合わせれば普通に話さないわけにはいかないし、七海のことばかりを一日中考えているわけにもいかない。

だけど——。

「塚原《つかはら》さん?」

会議室からでて並んで歩いていた岩見が、進一の顔を不思議そうに見る。

「どうしたんですか、ぼんやりして」

「——いや、ちょっとこれデスクにおいておいて」

手にしていた資料を岩見に渡して、進一は踵《きびす》を返す。

オフィスを出て受付を過ぎると、エレベーターホールに並んで立っている七海と三田の姿が見えた。

進一が近づくと、声をかけないうちに気配を感じたように七海が振り返った。目が合った途端に、仕事の用件で追いかけてきたのではないと察したらしい。

「三田さん、すいません。先に行っていてください」

高校、大学の友人だと知っているので、三田はすぐに頷《うなず》いてエレベーターに乗っていく。

最初に再会したとき、このエレベーターで少し気まずい思いをしながら七海と向き合ったのを思い出す。

三田が先に行ってしまってから、七海は「さて」とおどけたふうに進一を見た。

「こんなところで昨夜の続きを話すつもりじゃないだろ？」

「もう一度きちんと話したいんだ。電話じゃなくて、顔を見ながら」

「いくら話しても平行線だよ。昨夜もいったように、俺は進一とは友達でいたいんだ。おまえの人生を狂わせたなんて罪悪感をもちたくない。進一がいうように、俺が勝手に背負い込んでるだけだとしても、これればかりはどうしようもない。つまらないけど、俺も先を考えるようになったんだ」

七海は淡々と告げた。進一の目をまっすぐに見ても、その表情はすでに吹っ切れてしまったかのようだった。

わかっている。七海は一度決めたことは覆さない。誰に対しても──だからこそ潔い。昔も、進一の心情を察して、すぐに「忘れてくれ」といった。

七海は「次の予定もあるから」とエレベーターのボタンを押した。

「進一、しばらくしたら……また連絡するよ。普通に友達として飲もう。それに、どうせ仕事ではまたすぐに顔を合わすんだし。そうだろ？」

「──ああ」

頷きながらも、進一は今回ばかりはいままでのようにはいかないと察していた。

仕事があるまではいい。だが、それが終わったら、完全に関係が断たれるに決まっていた。また偶然再会したとしても──進一が「飲みに行かないか」と誘ったとしても、七海はやんわりとかわすに違いなかった。

もう適度な距離など保てるわけがない。

友人ですらなくなる。

それも、七海が望むなら……。

「──もう無理なのか」

最後に進一は問いただした。

七海は一瞬動きを止めて、進一を見つめた。ふっと息を吐く。

「良い人生を。……俺は俺でそれなりにやっていく」

エレベーターが開いて、七海は「じゃあ」と乗り込んだ。

さすがに引き時だ。最初に傷つけたのは自分だった。七海が終わりにしたいと望んでいるのだから――進一もこらえて見送るつもりだった。七海の表情に目を止めるまでは。

エレベーターに乗って、こちらを振り返った七海は進一を見て微笑《ほほえ》んでいた。

一見、穏やかに目を細める笑い。どうしてそれほど静かな瞳をして見つめるのか。感情があらわになるのを恐れるように――その顔が、実際は笑っている表情ではないことを、進一は知っている。

好きになってくれるタイミングが合わなかった。同じことはくりかえせない。そういいながら、どうしてそんな顔を見せる？

（俺は進一に一〇％ぐらい興味をもってもらえばいいよ）

（友達でいてくれればいい）

冗談めいたやりとりのなかの本音と、真剣な顔で告げられる嘘。いつも七海が口にする言葉は、自分のためというよりも進一のためを考えたものだった。

（忘れてくれ）

七海がそうしてほしいと思っているのではない。進一のことを考えたら、それが一番いいと思えるものを選んでいるだけだ。

(良い人生を――)

そんなものは具体的に考えたことも、望んだこともない。目の前にあることを片付けるのに精一杯で――だからいろいろなものを見逃してきた。

だけど、この瞬間、いまそれを思い描くとしたら……。

とっさに、進一は閉じようとするエレベーターに飛び込んだ。七海が瞠目《どうもく》して、真正面に立つ進一を見上げる。

「進一?」

ドアが閉じた途端に、進一は七海を抱きしめた。エレベーターには監視カメラがついているはずだったが、気にする余裕もなかった。

「な……」

馬鹿――といいかけた口を封じるようにキスをする。

夢中で唇を吸った。「ん、ん」と七海が抵抗するのもかまわなかった。唇を離したときには、七海が信じられない顔つきで進一を睨《にら》みつける。

「七海――」

そう呼びかけるのが精一杯だった。途中の階で止まらなかったのは幸運というしかない。ほ

かに話をする時間もなく、エレベーターは一階に着いた。七海が進一の腕を振り払うのと、緊迫した空気を断ち切るようにドアが開くのがほとんど同時だった。

待っているひとたちの前をすり抜けるようにして、七海は何事もなかったように無言のまま足早に降りた。

「七海」と追いかける進一を振り返って、七海はビルの出口に近づいたところでようやく口を開く。

「……カメラに映ってたんじゃないか。おまえが俺にキスしたの」

「警備会社に見られたって、べつにかまわない」

「俺は困る。無茶なことするな。……ほんとにやめてくれ。俺がなんのために——」

そのまま去っていこうとする七海の腕をつかんで引き止める。七海は逃げようとしたが、進一は力をゆるめなかった。いくら振り払おうとしても力では敵わないと知って、七海の表情がいくぶんうろたえる。

「今夜会いたい。部屋に行くから、会ってくれ」

「………」

七海は困ったような顔で「離してくれ」と力なく呟《つぶや》いた。進一が手を離すと、返事をしないまま顔をそむけて去っていった。

その日は早くに仕事を上がるつもりだったのに、遅くになって処理しなければならない案件が回ってきた。

部屋に行くと告げてあるので、七海には一応「遅くなるけど」というメールを入れておいたが、当然のように反応はなかった。

もしかしたら逃げられているかもしれないと思いつつ、深夜近くに部屋を訪ねてみると、灯りはついていた。インターホンを鳴らすと、しばらくしてから「はい」と応答があった。

ドアを開けた七海は、目が合うのを避けるように伏し目がちだった。

「――入って」

メールの返事がないので会うことすら拒否されるかもしれないと覚悟してきたのに、普通に部屋に上げてくれるようだった。

リビングに入っていく七海の背中を見つめているうちに、言葉もないままに抱きしめたいような衝動が進一のなかに込み上げてくる。

その気配を読みとったように、七海が振り返った。

「忙しいんだろ？　無理しなくてもいいのに」

「仕事はもう済んだから」

七海は「そうか」とそっけなく答えると、リビングのソファに腰を下ろした。

テーブルの上には読みかけの本と、携帯が置いてあった。マグカップにはコーヒーがなみなみと注がれている。メールの返事はなかったものの、七海はひょっとしたら進一を待っていてくれたのかもしれない。

七海はうつむいて、面倒くさそうなしぐさで髪をかきあげる。横から見ると、そのほっそりとしたからだはひどく頼りなげに見えた。

進一は上着を脱いで、ソファの隣に腰をかける。七海のからだが微妙にこわばったように見えた。それでも表情は変わらない。平静を保とうとしているようだった。

進一が少し身を寄せると、固い顔つきで振り返る。

「――なに」

エレベーターでキスされたせいか、また無理矢理なにかされるんじゃないかと警戒しているのが見てとれた。

やがて睨むのも疲れたのか、七海はふうっと息を吐く。

「話があるんだろ？　……なにを話すんだ。平行線だっていってるのに」

「七海がほんとに望んでることを知りたい」

「俺が望んでること？」

進一が至近距離から見つめると、七海は気持ちを見透かされるのを恐れるように目をそらした。再びうつむいて、苛立《いらだ》たしそうに髪をかきあげる。

「……なにを知りたいんだ。友達としてなら、俺は進一の前でなんとか格好つけてられる。でもそれ以外の俺はかなり情けないんだ。そんなのが知りたいのか」

いつも進一にはよけいなことをしゃべらせない七海だが、今夜ばかりはその防御壁が崩れていた。普段なら結論が先にあるはずなのに、うまい答えがだせずに迷っているように見える。

「知りたいよ」

「幻滅するかもしれないだろ」

「幻滅なんてしない。いまさら減点なんてしないっていったじゃないか」

「どうせ加点もないんだろ?」

七海は皮肉めいた口調で返すと、どうしてそれほど食い下がるんだといいたげに再び進一を睨みつけてきた。友達でいてほしいといっているのに。

どうしてなのか——。

再会してから、突然恋愛対象に見えたわけではない。距離ができてしまってから、ずっと後悔していた。普段は忘れているのに——心の片隅に消えない引っ掻き傷のように残っていた。あのとき失ってしまうなら、なんでもすればよかったのに、と。

それが同情に見えるといわれても、進一にとっては違った。これだけきっぱりと拒絶されればもういいかげん引いてもいいはずなのに——自分でも滑稽《こっけい》に思うほど必死になるのは、七海が相手だからだった。

進一は七海の耳もとにそっと手を伸ばした。七海は身じろいだものの、手をはねつけようとはしなかった。目に反発するような強い光が宿る。

「なんでなんだよ。どうしていまさらになって、そんなに粘るんだ。学生のときはあれだけ慎重だったくせに——いまになって、冒険する必要もないだろ」

「いまだからこそだよ」

七海はわけがわからないように眉根《まゆね》を寄せる。進一は大きく息を吸い込んだ。

「いまだからこそいうんだ。『良い人生を』——って俺にいっただろ？　俺がこれからのことを考えたら、それには七海が必要だ」

「…………」

七海は大きく目を見開いたあと、動揺したように瞬きをくりかえした。

「……それは無茶だといっただろ？　同情を履き違えてるだけだ」

「違う」

即座に否定されて、七海は困惑したようだった。進一が耳もとをなでると、今度ははっとしたように身を離した。距離を詰めようとしても、狭いソファの上であとずさって逃げようとする。

進一が「七海」と呼びながら腕をつかむと、追い詰められたような表情でようやく視線を合わせる。

「俺はたしかにいままで同性とはつきあったことがない。七海が不安になるのも、俺の将来を心配してくれるのもわかる。でも……」

下手なことをいったら、顔をそむけられてしまいそうで、進一は自分の心臓がどうにかなるのではないかと思った。だが、声は不思議と冷静だった。

「——七海が好きなんだ」

おそらくずっと——学生時代、そばにいるのがあたりまえだと思っていたときには気づけなかった。

でも再び出会えたいまとなっては、なにを犠牲にしてももう二度と離したくなかった。

「……だから……そういわれても、責任とれないって何度もいってるだろ。俺は……」

七海は瞳を大きく揺らがせたまま、震える声でいいかえそうとする。

「七海……！」

言葉を遮るように呼びかけられて、いつにない進一の大声に七海は圧倒されたように口をつぐんだ。進一はさらに身を乗りだして、七海の腕をつかむ手に力を込める。

「俺の性格は知ってるだろ？　一〇〇%じゃないと、絶対に口にしない」

「——」

「七海にしか、こんなことはいわない。誰にもいわない。いままでもこれからも——大切な友達だし、それ以上の意味でも、七海が大事なんだ。こんな相手はほかにいない。七海だけだ」

以前、七海を傷つけた事実は変えられないし、進一の将来を自分のせいで変えたくないという七海の思いも充分すぎるほど伝わってきた。

だからこそ――それでも、というしかない。

「……そばにいてほしい」

進一は祈るような思いで告げる。

たとえ無茶だといわれても、なにも気にせずに自分の好きなように生きていいといわれたら、進一が欲しいのは七海だけだった。いつもなにに対してもセーブしているはずの頭がこれほど熱くなるのも、みっともないところを振り返る余裕もなく必死でいいつのるのも。

――すべて七海だけだ。

七海は息苦しそうな表情で進一を見つめていた。その目は相変わらず揺らいでいたが、もう視線をそらしはしなかった。

なにかいいたそうにしていたが、なかなか言葉にならないのか、七海はしばらく黙ったままだった。互いに視線を合わせたまま、昂《たか》ぶった感情と呼吸が整うのを待つような時間が流れた。

やがて七海がゆっくりと口を開く。

「――馬鹿なやつ」

ようやくその口から洩れた言葉は笑いさえ含んでいたが、語尾が震えていた。

「せっかく逃がしてやるっていってるんだから、やめておけばいいのに。俺なんかに捕まることはない」

「一方的に捕まるわけじゃない。俺も七海を捕まえるんだから」

「――」

七海は再び目を瞠り、進一を見つめた。また「馬鹿なやつ」といいたげな笑いがその唇に薄く浮かんだ。

緊張状態がとけたのがわかって、進一はほっと息をつく。

「だから……俺の勝手なんだよ。七海が心配することはなにもない。俺は気持ちに応えてほしいだけだ。七海がもう俺を嫌いだっていうなら、潔くあきらめる。七海の気持ちを聞かせてほしいんだ。責任とれないっていいながら、七海はいつも俺のためになるように考えてるだけじゃないか。そうじゃなくて、ほんとはなにを望んでるのかを知りたいんだ」

「………俺は……」

「迷惑なのか？　学生のとき、自分は潔く引いたのに、進一はしつこいって幻滅してるか」

七海はしばし黙り込んだあと、どこか力の抜けた顔つきで呟く。

「……うん、かなり驚いた」

「そうだよな」

反論の余地がなくて、進一は苦笑せざるをえない。

「だって、まさか――」

七海が再びかすかな笑みを洩らしたので、嫌味な台詞《せりふ》でもいわれるのだろうかと覚悟した。

進一がつられて表情をゆるめかけた次の瞬間、七海の顔から笑いが消えた。

「まさか……進一が、俺に――そんなことというなんて、思わないだろ……？　俺は――」

唇が震えだしたことに、七海は自分自身でも茫然《ぼうぜん》としているようだった。見る見るうちに瞳が潤んで、表情が歪む。いまにも泣きだしてしまいそうなのを堪えるように、唇を嚙《か》みしめる。

「……れしい」

かすれた声を絞りだすと同時に、とうとう我慢しきれなくなったように七海の瞳から涙があふれて、頰《ほお》を伝わった。

「……うれし……い。だけど、こわい」

七海はなんとか唇の端をあげてみせるものの、涙がこぼれて止まらないようだった。

「……俺は振り向いてくれない進一には慣れてるんだ。だけど、俺を好きだっていってくれる進一の前だと――どうしていいのか、わからない」

どうしたらいいんだ？　といいたげに見つめられて、進一は胸が詰まってなにも言葉がでなかった。

七海を引き寄せると、涙で濡れている頰に唇を寄せる。

うれしい、こわい――とうわごとのようにくりかえす七海を抱きしめる腕にさらに力を込めた。

ひとしきり泣いたあと、七海はようやく落ち着いてきたのか、進一の腕のなかで身じろぎした。

「七海……」

「もう平気だ。大丈夫だから……」

混乱して泣いてしまったことを照れているらしく、怒ったような顔つきで身を離して、ソファにもたれかかってそっぽを向く。目が真っ赤だった。

もう大丈夫だからといわれても、そんな顔を見せられては進一のほうが七海を離したくなかった。

もう一度距離を詰めて、ゆっくりと七海の顔を覗《のぞ》き込む。七海は眉をひそめたものの、さらに顔をそむけたりはしなかった。

進一は再び唇をついばみ、からだをゆっくりとなでる。

感情とともにからだのなかで昂ぶるものがあって、全部自分のものにしてしまいたかった。

先ほどまでとは違って、七海はなだめる以上の意味を進一の指さきから感じとったらしい。

脇から胸をなであげた途端に手を止められた。

七海はとまどったように視線をうつむかせている。

初めて進一が「好きだ」と告げたときも、抱きしめてキスしているあいだは抵抗しなかったのに、それ以上動こうとすると身をこわばらせていた。

無理強いはしたくなかったが、先日も朝になったら七海がすっかり醒《さ》めた顔をしていて、次に会ったときには「友達でいたい」といいだしたことを考えたら、今夜はもう少し先に進みたかった。これで終わらせてしまったら、また明日には七海の気が変わってしまうかもしれない。

進一がめげずにからだの線をなぞり、シャツの布ごしに胸の突起にふれると、七海ははっきりと指をつかんで拒絶した。

「――いや？」

七海は頬を染めたまま顔をそむけた。

「……進一が無理だろ……いきなり男となんて、やったことないくせに」

「無理じゃないよ。――したい」

耳もとに囁《ささや》くと、七海は困惑した顔つきのまま「あ……」とうろたえた声をあげる。

「七海がいやだったら我慢するけど、正直少しつらい。……このあいだ、キスして抱きしめて眠ったことがあっただろ。あれもかなりしんどかったから」

「……俺がいやだっていうより、進一が……」

七海はいいかえしてきたものの、耳にキスをくりかえすと、言葉は途切れてしまった。

「——したい。七海が許してくれるところまででいいから」

七海はまだとまどっているふうだったが、抵抗しようにもやはりからだに力が入らないらしかった。耳朶《みみたぶ》を噛むと、肩を震わせる。

その反応はまるで苦しそうにすら見えて、壊れものを扱っているような気分になった。七海のほうが男との行為は初めてだといわんばかりの頑なさで、進一の指がからだにふれたり、吐息がほんの少しかかるだけで、ビクビクと敏感に反応する。

慎重にしようと思っても、その唇からいつになく甘い声が洩れるのを聞いてしまうと、どうしようもなく頭が熱くなる。

「ん、んん」

きつく唇を吸うと、七海のからだが怯《おび》えたように抵抗する。

「……ま、待って。ここじゃ……明るいし——ベッドに……」

七海が進一のワイシャツの袖《そで》を痛いくらいにつかむので、進一は「わかった」と頷いた。いったんからだを離すと、七海はこれでようやく呼吸がまともにできるとでもいうように安堵《あんど》した様子だった。

それでも決していやがっているわけではなくて、腕を引いて立ち上がらせると、素直についてくる。寝室に入ると、七海はどういう顔をしていいのかわからないように目をそらしていた。

進一は無言のまま抱きしめて、額にキスしながら深く息を吸い込む。
ベッドに腰を下ろさせて、七海のシャツを脱がせた。耳元に唇を這《は》わせながら、黙ったまま
そっと押し倒す。
下手になにかいってしまったら、七海がまた抵抗すると思ったからだ。
だが、七海はすっかりあきらめたようにおとなしいままだった。ベッドに投げだされるから
だは、ほっそりとしていて、骨格はたしかに自分と同じ男そのものなのに、ひどくなめらかな
線を描いている。
白すぎる肌はしっとりとしていて、胸の乳首は小さくつんと尖《とが》っている。色素が薄いからか、
桃色に色づいているそこが女性と違って乳房もないのに妙にエロチックだった。
指の腹でつつくと、七海がからだをひねって胸を隠そうとする。
「……七海？」
後ろから抱きしめて、前に腕を伸ばそうとすると頑固に拒否された。
「……おもしろくないだろ。胸なんてないし」
女性と違うところで幻滅されたらいやだと考えているらしかった。進一が仕方なくうなじに
くちづけると、七海が「あ」と肩を震わせる。
「——綺麗だ。かわいい」
「嘘つけ……」

「嘘なんてついてないよ。七海が怒るからいわなかったけど、前から天女みたいに綺麗な顔してると思ってた」

横を向いている七海の顔が真っ赤になって気色《けしき》ばむのが見えた。

「女扱いするなって、あれほど」

「ほら、そういう反応するだろ？　だから、俺はなにもいえなかったけど——綺麗だと思ってたよ、ほんとに」

「……」

七海はなぜか悔しそうに黙り込んだ。

今度は前に手を伸ばしても抵抗がなかった。なだらかな胸の突起に指でふれてこすると、甘い声が洩れた。

進一はからだの向きを変えさせて、真正面から抱きしめると、七海の胸の尖ったそれを舐《な》めて、舌で味わう。さらに口に含み、甘噛みする。

「や……ん。や……進一……」

胸を指や舌でいじっただけで、七海は反応してしまったことを知られないように不自然に腰を引いた。

「……かわいい声だな」

「——や、もう……」

「なんで？　聞かせてほしいよ。七海の感じてるところ」

「……馬鹿いうな……」

進一は七海のズボンに手をかけて、下着ごと下ろそうとした。とっさに七海はその手を押しとどめる。

「大丈夫だから、見せて」

「……大丈夫じゃない……」

「平気だから」

進一は七海の額にキスしてから、ズボンを足から引き抜く。続けて下着を脱がせると、むきだしになったそこは素直に反応していた。

七海は頬を染めたまま、顔をひきつらせて横を向いている。

男の性器を見たら、さすがに頭が醒めるのではないかと七海は心配しているようだったが、進一のなかに嫌悪感はわいてこなかった。

むしろどちらかというといつもすましている七海が、恥ずかしいのを必死にこらえている表情にそそられてしまう。強がっていても、からだは素直で、進一を寄せ付けないようにするわりにはすっかり反応してしまっているのだ。

「……七海……」

勃起《ぼっき》しているものに手をかけると、七海は苦しそうに息を吐いた。指をそえて動かしただけで仰天したような表情になる。

「い……いい。やっぱりいいからっ……」

すばやく起き上がって、七海は進一の手をつかんで止める。進一はためいきをついてからだを起こし、七海の手をつかみ返した。

「じゃあ、七海も俺のをさわってくれればいい」

「——え」

七海は困ったみたいに目をそらせる。

手をつかんで引き寄せると、進一のそれがズボンごしに硬くなっているのが信じられないように息を呑む。目許が朱に染まっていた。

「なんで?」

純粋に疑問に思っているような声だった。

「さっき、七海がかわいい声あげたから」

「……興奮するの?」

「するよ」

さすがに照れくさくなって、進一は笑いを洩らした。

シャツを脱ぎ、ベルトを外して、ズボンも脱ぐ。進一が裸になると、七海はあわてたように再び顔をそむけた。

「……七海」

手を引いてじかにふれさせると、七海はこわごわと進一のそれを握った。積極的にさわろうという様子はない。いやがって手を離すわけでもない。

「……七海」

もどかしくなって、進一は七海を引き寄せると、座ったまま横から抱くようにした。

「ん、んん」

顔を振り向かせてキスしながら、七海の下腹に手を這わせる。今度ははねのけようとはしなかった。

進一が指を動かすたびに、七海の息があがる。弾んでいる心臓をなだめるように片方の手を胸に伸ばす。

「あ……や」

進一は大丈夫だからといいきかせるように耳元やうなじにキスしながら、七海の昂ぶりをなだめ、乳首を揉《も》む。

あ、あ――と細い声が唇から洩れて、ほっそりした肩が進一のほうに完全にもたれかかってきた。

耳朶を噛みながら、進一は耳の穴に舌を差し入れる。下腹のものは同じ男だから構造はわかっているし、うなじや耳も敏感なのは男も女も大差ないはずだった。

耳を舐め続けていると、ぞくぞくしたように、七海の背が震えた。手の動きを強めると、いやいやするようにかぶりを振る。

「や――」

「……つらい?」

感じすぎているのか、それともふれられるのがいやだから過敏に反応しているのか。

七海はかぶりを振りながら、目許を隠すように手をやる。

「……進一に――されてるから……なにされても、おかしくて……」

進一が耳朶に強く吸いつくと、七海の腰がぶるっと動いて、手が飛沫《ひまつ》に濡《ぬ》れた。

七海はハアハアと荒い息を吐いていたが、進一が濡れた手を見つめてるのに気づいて、あわてたようにティッシュを取りだす。

早く拭《ふ》け――とばかりに睨まれて、進一はいうとおりにする。思わず笑いが洩れそうになったが、感づかれないように、七海を後ろから抱きしめて、髪に鼻先を押しつけるようにしながらくちづける。

「七海……」

耳元やうなじにキスをくりかえしていると、進一の昂ぶっているものが当たるのか、七海が落ち着かなげに背中を揺らした。

さすがに進一ももうたまらなくなって、「さわって――」と七海の手を引こうと腕をつかんだ。すると、七海が振り返って視線をうつむかせたまま口を開く。

「……後ろ……いれる？」

小さな声で問われて、進一は七海の背中から続くなだらかな腰の線に目を凝らした。男同士でそこを使うのはわかっていたが、七海が怯えたような声をだしているのが気になった。

「平気？」

七海は視線を合わせないまま頷く。うつむいた睫毛《まつげ》が震えていた。

「……俺はいつもあんまりしないんだけど……でも、進一のは欲しいから……」

こんな台詞を恥ずかしそうにいわれてしまっては、我慢できるわけがなかった。

進一は七海の頭をかき抱いて、耳元に唇をよせる。

「俺も欲しい」

進一が背から手を這わせて腰をなでた途端に、七海は「待って」と少しうろたえたようにからだを離す。

「……そのままだと無理だから……」

七海はベッドの下に手を伸ばして、物入れらしい箱を取りだす。ローションとコンドームが入っていた。

「……慣らさないと……いま、自分でするから……」

セックスの際に必要なら、ベッドの下にローションを常備しておいてもおかしくはないが、いったい誰と抱きあったときに使っていたのかと考えると心穏やかではなかった。

進一は七海の手を押さえて、ローションのボトルをとる。

「俺がするよ」

「……いい……自分で……すぐには入らないかもしれないから」

抵抗しようとする七海の唇をキスでふさいで、抱きしめたままベッドに押し倒す。七海は驚いて進一を見上げた。

「──教えて。俺がするから」

進一がまっすぐに目を合わせると、七海はさらに顔を赤くして狼狽《ろうばい》したように横を向く。

「……濡らして、いれられるように慣らせばいい？　つらかったら、いって」

「………………」

七海は顔をそむけたまま、泣きそうになっていた。

知らず識らずのうちに頭の芯がちりちりと熱くなっている。七海が誰かとセックスしているところを想像したせいだった。

自分で準備するなんて、誰を前にしたときに、そんなあられもない姿を見せたんだ──と口にするのを堪えれば堪えるほど思考の温度が上がる。

七海の足を開かせているうちに、興奮で息苦しいほどになった。

腰を浮かせて、後ろに手を差し入れる。七海はいやがることなく素直に従った。

七海の後ろの部分を濡らして、指を差し入れると、「あまりしてない」との言葉通り、こんなところに挿入しても大丈夫なのかと思うほどの狭さだった。

指を入れて動かすたびに、七海が顔をしかめる。

「……痛い……？」

「……平気」

「ほんとに？」

七海は頷くが、とても大丈夫だとは思えなかった。それでもローションのぬめりを借りて、指がスムーズに入るようになってくる。

七海の反応も徐々に変わってきた。指で内部を刺激されていると感じるのか、表情が熱に浮かされたようにぼんやりする。

あ——と色っぽい声が唇から洩れ、そこがしめつけるように震える。あきらかに七海のからだが興奮しているのが伝わってきて、進一も下腹の昂ぶりが抑えきれなくなる。

「……もう平気？」

はっきりとは答えなかったが、七海は「ん」と眉間《みけん》をよせたまま頷く。もう我慢するのも限界に近かったので、進一は七海の後ろに欲望を押しつけた。

指は入っても、性器を挿入するとかなりきつかった。少し入れただけで、腰をすすめるのをためらって、進一は息を吐く。

眼下の七海は再び泣きそうな顔になっていた。

「ごめん……痛い？　少し——」

もう少し指で慣らそうか、と腰を引きかけたところ、七海はもっと泣きだしそうな顔になって首を振った。

「いい……して。早く——進一の欲しい……奥まで」

「——」

駄目だと思うのに、かすれた声に煽《あお》られて、頭がどうにかなりそうだった。

「いいの？」

「いい——してほしい……ずっと——欲しかったから」

進一はきつい感触に眉をひそめながら、腰をぐっと突き入れた。

七海が肩を揺らして、細い悲鳴をあげる。足を折り曲げてかかえあげ、奥まで挿入したところで、進一は荒い息を吐いて、七海の唇にくちづけた。

キスの合間に、七海は「ああ——」とためいきのような声を洩らす。

進一は七海の顔中にキスをしながら、ゆっくりと腰を動かした。内部をこすられるたびに、七海が「あ」と反応する。

狭い内部に締めつけられて、進一はハアと息を乱しながら、腰をさらに突き入れる。動かすたびに快感が大きく膨れあがって、無我夢中で七海のなかを味わった。

「……進……一……気持ち悪くない？」

目をつむって、進一に揺らされていた七海がふいに視線を上げてくる。

進一は少し決まりが悪くなった。気持ちが悪かったら、こんな状態にはならない。中を穿《うが》つ硬いものが興奮しきっているのはわかるだろうに、七海の目はとまどうように宙をさまよっている。

「……いやだったら……途中でやめてもいいから……」

まるで抱かれている最中にさえ怖がっているようだった。いまこの瞬間にも、進一の気持ちが冷めて萎《な》えてしまうのではないかと。

「――もう黙って」

口を封じるようにキスしながら、進一は七海の不安を打ち消すためにも、さらに荒々しく動いた。足をかかえあげられて、七海は甘い悲鳴を洩らす。さすがにもう話そうとはせず、進一につながれて揺さぶられるままになった。

感じすぎて泣きそうな顔になっているのを見て、「かわいい」と心のなかでつぶやく。

我を忘れて動いているうちに、「かわいいかわいい」――といつのまにか声にだしていたらしい。鋭く聞きとがめたのか、七海の目に勝ち気な光が戻る。

睨みつけられて、進一は軽く笑いを洩らしながら七海の手をシーツに縫い付けるように押さえつけた。

なにかいいだしそうな七海を制するように、からだを折り曲げて、さらに深いところに突き入れる。抗議するような目としっかり見つめあって、進一は再びキスをする。からだをつなげるものと同じくらい深く舌をからませる。

七海はあきらめたように目を閉じると、素直にくちづけを受け入れた。

「ん――」

激しく腰を動かしているせいで、全身から汗が噴きだしていた。七海は目をつむっていたが、ふと目を開けたときには恥ずかしそうに息を吐く。

不安なだけではなくて、どこか照れくさいのかもしれない。いままでずっと友達だったのに。こんな距離感で向き合うことはなかったのに――だから、七海はまともに進一の顔を見ようとしない。

それでも目線を合わせるときの表情は恍惚《こうこつ》としていて、どこか切なげで――抱きしめたまま離したくなくなる。

こうして重なりあえば重なりあうほど、いままでふれずにいたのが信じられないほどだった。互いの息遣いとからだがぶつかる濡れた音しか聞こえないなかで、進一の意識はどこか遠くなる。

ずっと欲しかった。

友人だと意識している時間のほうが長かったはずなのに、自分も七海と同じくらいこの瞬間を待っていたような気持ちになった。

「あ――」

七海がこらえきれないような声をあげて、進一に押さえつけられたままビクビクとからだを震わせた。

「いや……や」

欲情そのもののにおいが鼻をかすめた瞬間、頭の芯が焼き切れたように熱くなって、白くかすんだ。

なにも考えられなくなって、進一は突き上げてくる昂ぶりのままに七海のからだを揺さぶり、貪《むさぼ》った。


翌朝は七海のほうが早くに目を覚ましていた。

進一が目を開けると、上半身を起こしていて、自分を覗き込んでいる七海の顔が見えた。

昨夜よりもすました顔に見えたが、進一と目が合うとわずかに表情が動いた。

以前、初めて好きだと告げたときに、七海を一晩抱きしめて眠ったことがあったが、あのときもどこか遠い表情をしていた。

ひょっとしたら、このすまし顔は彼なりの照れの表現なのではないかと思いつく。そんなことも肌をふれあわせた経験がなければ、わからないから。

「おはよう」

進一が笑いかけると、七海は「おはよう」と淡々と返してきた。

不機嫌そうとも見える横顔が気になって、腕を伸ばして引き寄せる。七海はあっけなく倒れ込んできて、進一に抱きしめられる格好で隣に再び横たわる。

額をよせるようにしてキスしても、ぼんやりとしたような顔をしている。されるがままの人形のようだった。

しばらくキスをくりかえしたところで、ようやく七海の目に本来の力が戻ってきた。なんだか悔しそうな表情だ。

「——進一は、どこで切り替えてるんだ？」

「え？」

いつもの七海らしい表情になったので、進一はほっとしながらも首をひねる。

「なにが？」

「俺のこと、ずっと友達だと思ってたはずだろ。なんでそんなに急に……俺が馬鹿みたいじゃないか……彼女相手のとき、いつもそういう顔するのか？　やさしく、甘やかすような顔して」

女扱いされるのを嫌いな七海らしい反応だった。

しかし、意識して自分の表情をつくっているわけではないので、進一としてはどう応えようもない。

「そんなにいやな顔してた？　俺はいつもと変わらないつもりだけど」

「……いつもと変わらないから、腹が立つ。昨夜だって……」

七海はそこまでいいかけると、憎らしげに「もういい」と進一の腕のなかから逃れて、ベッドから立ち上がる。

本気で怒っているわけではないとわかったのは、その横顔に照れるような表情がわずかに滲《にじ》んでいたからだった。

「朝メシつくるから、できあがるまで寝ててくれ。しばらくその顔見たくない」

台詞だけ聞けばずいぶんと薄情だったが、よけいなことをいうとどういう反応が返ってくるのかわからないので進一はおとなしく頷く。

「じゃあ寝てるよ」

七海は返事の代わりに、進一の頭をぽんと強めに叩《たた》いて部屋から出て行く。まるで逃げるような足取りだった。

恥ずかしがってるんだよな——と思うように努力しながら、進一は再び布団にもぐりこんで目を閉じた。しばらくすると、シャワーを使う水音、それからさらにキッチンに移動して動いている音が聞こえてきた。

少しばかりうつらうつらしただろうか。もうそろそろ「朝食ができた」と起こしにきてもいいはずなのに、一向にその気配がない。

時計を確認すると、あっというまに一時間以上がたっていた。

わざわざ起こしにこないから、自分で勝手に起きてこいということか。進一はベッドから起き上がって、下着だけを身につけると部屋を出た。

リビングはしんと静まり返っていた。シャワーを借りようと声をかけようとしたら、七海はソファにごろりと横たわり、突っ伏している。

テーブルの上にはすでに朝食の用意ができていて、しかもすっかり冷めている様子だった。トーストは乾いているし、ベーコンエッグの脂が固まっている。

食事を作ってくれたものの、七海もまだ寝足りなくて、そのまま眠ってしまったのだろうか。

「——七海」

呼びかけると、七海ははっとしたように飛び起きる。進一の顔を見て、自分以外にそこにひとがいるわけもないのに、モンスターを見たような仰天ぶりだった。

その反応に進一も驚かざるをえずに瞬きをくりかえす。

「シャワー借りてもいい？」

「……ああ。タオルは——おいてあるから」

「わかった」

七海はとまどったように髪をかきあげながらすぐに進一から目をそらして、そっけなく横を向いてしまった。

なぜあんな顔で見られなければならないのか。

俺がなにかしたか？

進一が首をひねりながらシャワーから着替えて出てくると、七海はまた同じ体勢でソファに突っ伏していた。さすがにもう寝不足だからだろう、とは思えなかった。

明らかに態度がおかしい。照れているだけではなく、自分に対してなにか思うところがあるとしか考えられなかった。

昨夜のことをすでに後悔しているのだろうか。危惧《きぐ》していたとおりに一晩たったら気持ちが変わって、やっぱり「無茶だ」と思うようになった？

それとも昨夜の行為に問題があったのだろうか。昨夜、七海はためらっていたのに、強引に自分から「したい」と関係を結んでしまったので、変な態度をとられるとそれが原因かと思えてしまう。

「七海？　どうしたんだ？」

「……どうもしない」

七海はそう答えて起き上がったものの、進一の顔をわざと見ないようにしているようだった。

だが、隣に座って肩を抱き寄せてみると、拒むことなく素直に身を預けてくる。進一が額や頬に唇をよせても、抵抗はない。

腕に抱きしめて、体温を感じているうちに自然と睦みごとをいいたいような甘い気分がわいてくる。

「身体、しんどかった？」

「え——」

七海は思いもかけないことを聞かれたように目を瞠った。

「あまり後ろはしてないっていってたろ？　だから……」

昨夜、七海が自分を受け入れる際の固い反応を思い出して、七海を抱く進一の腕に自然と力がこもった。思い出すと、からだの疼くような熱も甦《よみがえ》る。

七海は目許を赤くして睨みつけてきた。

「そういうこと、聞かないでくれ。進一にそんなことといわれると、俺は調子が狂う」

にべもなくはねつけられて、進一はあっけにとられる。せっかく恋人の関係になったのだから、このままからだの奥に残る昨夜の余韻のままに抱きしめてしまいたいところだったが、七海の反応を見てるとそういう流れにするわけにもいかなかった。

いつもの友人の調子で接すればいいのか。

それとも、感情的になっているだけだと判断して、粘り強く恋人の態度でなだめればいいのか。

やがて七海のほうがふっと表情を崩して自嘲するように笑いだした。ひとしきり笑ったあと、息をつく。

「……駄目だ。情けないだろ。……進一はいつもと変わらないのに、俺はやっぱりどういう顔をしたらいいのかわからない」

うれしい。だけど、こわい——そういったときの昨夜の泣き顔を思い出した。

気持ちは通じ合っているのに、関係が変わったことになじめない。

無理もなかった。自分は再会してからようやく気持ちに気づいて、幸運にもそれほど待つこともなく受けいれてもらうことができた。長いつきあいだったが、七海をはっきりと好きなのだと意識して悩んだのは再会してからだ。

だが、七海はそうではなかった。

もっともっと長いあいだ——。

進一はなにもいわずにその頬をなぞるように指でふれた。七海はぴくりと肩を震わせたものの、指をはねつけようとはしなかった。髪をそっとかきあげるようになでる。

ふれられているうちに、こわばった表情がとけて、七海はリラックスした顔つきになった。瞑想《めいそう》するように目を閉じる。

「……俺は再会したときから覚悟してたんだ。進一は普通にかわいい女の子とお似合いだったし、いずれ結婚するだろうから、おまえの子どもが生まれたら、すごくかわいがってやって『パパよりも七海おじさんが好き』っていわせてやろうって。そしておまえが死んだときには、葬式で誰よりも大きな声だしてワンワン泣いてやるつもりだった。奥さんがあっけにとられるぐらいに――それなのに……俺の遠大な計画がメチャクチャになった。これからどうしたらいいんだ」

「そこまで考えてるとは知らなかったから」

込み上げてくるものをこらえて、進一がやんわりと返すと、七海は目を開けてつられたように笑みをこぼした。

「そうだな。……いわなかったもんな」

そうだ、なにも知らなかった。でも、これからは違う。

七海は急にまた力が抜けたような顔つきになった。七海にしてみれば、進一を受け入れるつもりはなかったのだから、昨日からの急展開に頭がついていかないのかもしれない。もう気を張っているのも限界に近いのだろう。

進一によりかかりながら、七海は再び目を閉じる。

七海は進一がいつもと変わらないというが、新しい関係の距離感がつかめないのは自分も同じだった。先ほどからどういう行動をとったら正解なのだろうかととまどってばかりいる。だけど、それも悪くなかった。七海のことならいくらでも考えたい。

焦らなくても、ゆっくりと関係を築けていけたらよかった。それはまったく新しいものかもしれないし、いまとたいして変わらないものかもしれない。

進一は七海の髪をなでながら、覆いかぶさるようにして、唇を合わせてから囁く。

「……せっかく朝食作ってくれたんだから、食べよう。そしたら、また少し一緒に眠ればいい。俺もまだ寝たりないみたいだし」

「進一もか……」

うん、そうだな――と七海は目を閉じたまま頷く。

進一はその閉じた瞼《まぶた》をじっと見つめる。

少し眠って――それから、また考えればいい。昔から誰よりも自分のことを考えてくれる大切な親友で、誰よりも愛しい彼にかける言葉を。

恋人の時間

技術担当の三田《みた》がプロジェクターのスイッチを切り、いままで会議室のスクリーンに映しだされていたシステムの画面が消えた。

「——では、次回には今回の修正を反映させたデモ画面をご用意いたしますので」

七海《ななみ》は日程の確認を終えてから、席を立ち上がる。打ち合わせ相手である進一《しんいち》や岩見《いわみ》も同時に立ち上がった。

顔を見てしまうと意識してしまうので、七海は仕事の打ち合わせで会うときには進一をよく見ないようにしている。

進一のほうは表情こそ仕事仕様になっているが、とくに七海と視線が合わないように気をつけているふうもない。会議室を出て挨拶《あいさつ》をするときも、しっかりと七海を見つめてくる。照れた様子もなく、あくまで穏やかで爽《さわ》やかな笑顔だ。

「失礼いたします」

七海は複雑な気持ちで三田とふたりで頭を下げ、オフィスをあとにした。

進一から「七海は外ではすましてるし、冷静だよな」とよくいわれるが、すましていないとどういう顔をしていいのかわからないのだから仕方がない。昨夜セックスした相手を前にして、自然体でリラックスできている進一のほうがよっぽど冷静だった。

会うのはほとんど金曜日と土日の休日なのだが、昨夜の木曜日はたまたまふたりとも早くに仕事が終わるのがわかっていたので、一緒に夕食をとった。会ってみれば食事だけではすまなくて、進一の部屋であわただしく抱きあって、七海は終電で自分の部屋に帰ってきたのだ。「ワイシャツとネクタイなら、俺のをしていけばいいから、泊まっていけば」と誘われたけれども、翌日の打ち合わせで顔を合わせるとわかっているのにそんな真似ができるほど神経が図太くはない。

それに、進一と仕事で顔を合わせるときは、七海はほかの誰を相手にするよりもきちんとした身なりでいたかった。いつもよりいい仕立てのスーツを着たいし、ネクタイもお気に入りのものを締めたい。

それというのも、本人には死んでもいわないが、仕事の場で進一のスーツ姿を見ると、ひそかに「格好いい」と惚《ほ》れ惚《ほ》れしてしまうことがあるからだ。うっかりすると表情が崩れそうになるので、なるべく視線を向けないようにして、顔を引き締めるのでよけいにすましている印象を相手に与えるのかもしれない。

もっとも進一のほうは、七海がどんなスーツを着ていようが、どんな髪型をしてようが、まったく気にしてはいないだろうが。

「一ノ瀬《いちのせ》さーん」

三田とふたりでエレベーターホールにいると、打ち合わせ相手である岩見がオフィスのなかから出てきて追いかけてきた。

元彼の笹川《ささがわ》の友人でもあるので、七海とはなにかと縁のある女性だ。

「これ、これ。忘れてますよ」

岩見がフラッシュメモリを差しだした。会議室のテーブルに置き忘れていたらしい。「あ、しまった」と隣の三田が口を開く。

三田は周囲に注意を払わないタイプなので、七海がいつも席を立つまえにテーブルの上をさっと確認しているが、今日は見過ごしていたらしい。昨夜平日にもかかわらず進一と会ってしまって気が抜けているのか。やはり本調子じゃないな——と七海はひそかに襟を正す。

「三田さんのですか？　どうぞ。大丈夫ですか？　重要なデータ入ってるんじゃないんですか？　気をつけてくださいね」

若い女性が得意でない三田は、フラッシュメモリを受け取りながら「はあ、どうも」と頭を下げている。

七海はにっこりと営業的に微笑《ほほえ》んだ。

「ありがとう。助かりました」

「いえいえ。……今日の一ノ瀬さん、いつもにも増して格好いいですね。金曜日だし、今夜はデートですか？」

岩見は興味ありげに七海を上から下まで眺めた。

悪い子ではないと思うが、言葉もストレートだし、いつも好奇心いっぱいの目をしているので、秘密がある人間としては苦手なタイプだった。

この調子でいつも進一にも、「塚原《つかはら》さん、男前ですね」ぐらいは気軽にいってるんだろうな――と想像すると、気にかけるのもアホらしいとは思いつつも、決して楽しい気分ではない。進一はそれぐらいで「この子、俺に気があるのかな」と勘違いはしないだろうが、もしもということもある。いや、やっぱりこの手の女性にいちいち嫉妬《しっと》するのは馬鹿らしい。

「そんな相手、いないですからね」

「またまたぁ」

「僕の趣味は限定されてるので」

七海が含み笑いを浮かべると、岩見は「あ、そうですよね」と妙に理解のある表情を示した。どこまで本気にしているのかわからないが、岩見には「ゲイらしい」ということは知られてしまっている。彼女の友人と偶然飲み会で出会って、「女性には興味がない」と洩らしてしまったことがあるからだ。「らしい」という噂を吹聴されてもとくに害はないので、いいわけもしないままになっている。

エレベーターの扉が開いたので、「では、また」と挨拶をして中に乗り込む。岩見は愛想のよい笑顔を見せて頭を下げた。扉が閉まった途端に、三田がうれしそうに満面の笑みを浮かべる。

「いつも思うけど、あの子、かわいい子だね」

「――そうですね」

七海もすまして笑って応えつつ、「やっぱり普通の男はそう思うのか」と先ほどの懸念がちらりと頭の片隅をよぎる。

……駄目だ、こんなことを気にしてたら、きりがない。いくら考えても、進一の周囲から妙齢の独身女性が全員消えてくれるわけでもないのに。

エレベーターのなかの大きな鏡に映るスーツ姿の自分を見て、七海はこっそりとためいきをついた。


昨夜は進一の部屋だったので、今夜は進一が七海の部屋にくることになっていた。

進一は仕事で遅くなるといっていたので、七海はひとりで夕食の買い物をしてから部屋に帰った。まだ一時間半以上は余裕があることがわかっているが、あわただしく着替えてから、料理の準備をはじめる。

進一と恋人としてつきあうようになってからまだ二週間しかたっていない。だから時々実感がなくて、こうしてふたりぶんの食事を準備しながらも、夢でもみてるんじゃないかと思うことがある。

再会してから二ヶ月ほどしかたっていない。学生の頃から長年抱えていて、すでにあきらめて——それでもずっと長いこと引きずっていた想いが、たった数ヶ月のあいだに状況が激変して叶ってしまった。

いますぐにでも、「実は夢でしたよ」といわれても、驚かない気がする。むしろもう少し月日がたって幸福感にどっぷりと浸かってしまってから、「実は……」と裏切られるほうがつらい。だったら、いっそのこと、早いうちに終わらせてくれ、とすら思う。

「どうかしてるな、俺——」

包丁を握りながら、思わずひとりごちる。

いいかげんネガティブ思考にひたるのも飽きて、七海は料理の支度に集中した。進一がくる前に風呂にも入りたいし、ベッドのシーツも取り替えたい。やることは山ほどある。ぼんやりするのは用事がすんでからだ。

持ち前の手際の良さで夕食の支度を終えると、寝室のリネン類を取り替えて、ついでに洗濯機も回した。バスルームに入ってシャワーを浴びながら、ようやく一息つく。

からだを洗っているうちに、肌のやわらかい部分に進一が昨夜吸ってくれた痕がついてるのを見つけて、抱きあってるのは妄想じゃなくて現実なんだよな——と安堵《あんど》する。

色が白いせいか、七海は鬱血《うっけつ》の痕がつきやすい。コンプレックスのひとつだったが、進一はおもしろがって痕がつくようにキスしてくれるので、色白もそうそう悪いものじゃないと最近では思うようになった。

進一がからだのなかでひとつでも気に入ってくれるところがあるなら、ありがたい。なにせよけいな膨らみもない、真っ平らな男の肉体なのだ。進一がその気になってくれなければ、セックスもできやしないのだから。

いまのところはなんとかうまくいっている。昨夜も進一は……。

からだをスポンジで洗っているうちに、進一が肌のあちこちに舌を這《は》わせてくれたときの感触が甦《よみがえ》ってきて、七海はひとりで頬《ほお》を熱くした。全身の力が抜けていくような感覚に陥る。

進一のことで考えすぎるときはいつもこうなる――発作みたいなものだ。

進一が部屋にくるまでになんとか平常心に戻っていなければならない。七海は風呂から上がると、ソファにどっと横たわり、きっかり十五分だけ休もうと決めた。ぼんやりするだけぼんやりして、十五分後には「よし」と起き上がり、部屋の掃除をして、食卓の準備を整える。

さあ、これでやることは終わった――と時計を見ると、あと十分くらいで進一がちょうどくる時刻だった。タイミングも文句なし。

ところが九時すぎになるという予定だったのに、時間になっても進一は現れなかった。ほどなくメールがきて、「少し遅れる」という連絡が入る。

結局、進一が部屋にやってきたのは十時過ぎだった。

「ごめん。遅くなった」

「お疲れ」

進一がくるのが遅かったので、心の準備をする時間が長すぎて、七海もすっかり余裕を取り戻していた。

テーブルの上の料理を見て、進一は申し訳なさそうな顔をする。

「――食べてないの？　先に食っててよかったのに」

「俺もちょっと帰ってくるの遅かったから」

「そう」

どういうわけか、進一は少しばかり妙な顔をした。七海は首をかしげる。

ソファに隣りあって座って食事をとっている最中にも、時折、進一はなにかいいたげに七海を見つめてきた。

「俺になにかいいたいことある？」

「いや――七海、今日、帰ってくる前にどこかに寄った？　ひとに会う約束でもあった？」

「なんで？　俺は今日まっすぐ会社から帰ってきたけど。……買い物だけはした」

「さっき、帰ってくるの遅かったっていわなかったか？」

「……会社を出るのが遅かったんだよ。なんで？」

いつもは細かいことにこだわらないくせに、今日はなんなんだ――と七海は内心突っ込む。

「今日、うちの岩見さんがさ、七海のことを、いつもよりオシャレだからデートに違いないっていうから。服装を見ればわかる、って断言するんだよ。でも、今日は部屋で会う約束だったし、そんなはずがないよな、と思って」

あの子は進一にそんなことまでいってるのか。七海は軽く苛立《いらだ》たしさを覚えつつ、微笑んだ。

「俺は身なりはいつもきちんとしてるつもりだけど。仕事だから」

「俺もそういった。女の子の服装が気合い入ってるのはわかるけど、男のスーツじゃわからないだろうって。そしたら、『髪型も決まってたし、塚原《つかはら》さんにだって、とっておきのネクタイとか、これが一番だっていうスーツの色とワイシャツの色の組み合わせとかあるでしょ？』って反論されて」

「そんなこと、いつも話してるんだ？　岩見さんと？」

楽しそうな職場だな、おい、いつ仕事してるんだ？　――と毒のある台詞《せりふ》を吐きそうになるのをぐっとこらえる。

「俺は今日はどこにも寄ってないよ。べつに気合い入れた格好もしてないし。いつもどおり」

「そうだよな」

進一は「なら、いいんだけど」と表情をゆるめた。

どういうつもりでそんなことを気にしてるんだろう、と七海はひそかに首をひねる。進一との約束の前に誰かと会っているとでも考えているのか？

そんな穿《うが》った考えをもつタイプではないはずだった。たしかに今日はいつもよりも身だしなみに気を遣っていた。だが、その理由を「おまえと仕事で顔を合わせるから、格好いいスーツで行ったんだよ、いいかげん気づけよ」と進一にストレートに告げたとしても、おそらく「なんでわざわざそんなことするんだ?」という反応が返ってくるだろう。根本では理解できないに違いない。

——鈍感、と口のなかで呟《つぶや》く。

「進一はどうして岩見さんのその話がそんなに引っかかってるわけ?」

「……引っかかってるってほどじゃないけど、俺が七海をちゃんと見てないのかな、って少し気になったから。帰ってくるのが遅くなったっていうし。ああ、やっぱりなにか用事があって、岩見さんのいうことが当たってたのかなって思ったんだよ」

鈍感ではあるけれども、進一はそれを自分でもすんなりとこうやって口にしてしまうので、気遣いがないわけではなかった。むしろありすぎる。先ほどから内心いろいろと突っ込んでいた自分が恥ずかしくなるほどだった。

進一には余裕がある。七海は細かいことはあれこれ目につくし、なんでもそれなりにこなすほうだという自負はあるが、決して余裕はない。

学生のときからそうだった。進一も学生時代は「余裕がない」とよく口にしていたが、それでもほかの学生に比べたら人一倍しっかりしていたし、落ち着いていた。どんなときでも、誰に対しても、男でも女でもひとによって態度を変えることもないし、まったく軸がぶれない。

家庭環境のせいか、女性とのつきあいはあまり派手ではなかったが、もし家の事情がなかったら、とんでもないタラシになっていたのではないかと七海はひそかに思っている。進一はいつも女性にやさしいし、妹の雪菜《ゆきな》に対しても「下僕だよ」などと自らの立場を卑下《ひげ》しているが、ほんとうに下僕だと思っていたら決して口にするわけがない。天然で女性の扱い方が上手いから、自分では意識していないだけなのだ。

真面目で努力家だから、進一はなにか問題があったり、自分が苦手だと思っているものには一生懸命になるけれども、あたりまえにできることにはあまり興味を示さない。だから女性にもガツガツしたところがなかった。しっかりした母親と妹がいるおかげで、女性に妙な理想を抱いていないせいもあるのだろう。そして完璧主義なので慎重だ――そのおかげで、いままで悪い虫がついてこなかったともいえるのだが……。

「進一は岩見さんと仲いいんだな。好きだっていわれたりしない？」

あっさりと聞けるのは、それはないとわかっているからだった。もし少しでも可能性がある相手だったら、決して気軽に口にだせない。

進一も笑いとばしながら「まさか」とかぶりをふった。

「あの子は気を遣わなくてもいいから、話しやすいけど。俺よりも、岩見さんは塩崎《しおざき》のほうがそっちの意味では意識してるんじゃないの。あっちのほうがタイプだと思うよ」

「あの怖い顔の？」

「相性よさそうに見えるけど。塩崎の異動が決まったとき、岩見さんはなんでも正直に口にだす子なんだけど、なんの反応も示さなかったんだ。『淋しくなります』とか『せいせいします』とか、どっちの反応もなかった。それが却って不自然だったからさ。まあ、異動しても同じフロアだってせいもあるけど」

「そうなんだ。お似合いともいえなくないけど」

内心、岩見の趣味が悪くてよかった——と安堵する。

「岩見さんは、七海も好きだけどな。綺麗な男だって、ファンみたいに騒いでる。そういうとこも雪菜とちょっと似てるかな」

「自分にまったく興味ないってわかってるからだろ？　実害はないから。俺のことをあれこれいう女の子はみんなだいたいそう」

「でも、悪い気はしないだろ？」

進一がどういうつもりでこういうことをたずねてくるのかわからなかった。からかうような笑顔を、七海は眉《まゆ》をひそめて見つめる。

「進一、妬《や》いてる？」

「少しね」

嘘つけ——と思いながら、七海はうんざりとして唇を噛《か》む。

進一が妬いてくれているとしても、自分と同じような心情では決してないだろう。七海のように頭のなかで馬鹿馬鹿しいことをあれこれシミュレーションしたり、無謀な願いをしたりはしないに違いない。たとえば進一の周囲から年頃の女性がみんな消えればいいのに、とか。

「——七海？」

黙り込んだ七海を進一が不思議そうに覗《のぞ》き込んでくる。七海はその視線から逃れるように目をそらした。いま口を開いてしまったら、つまらないことをいいそうなので、頭のなかで数をかぞえながら、気持ちが落ち着くのを待つ。

「俺も帰ってきてから、進一が『岩見さん、岩見さん』っていうから、あんまり面白くないかな。彼女のことばっかりなんだな」

おどけたような笑いをつくるのに苦心した。進一は七海がそんなことを気にするとは思ってもみなかったらしく驚いた顔を見せた。やはりなにもわかってない。ほら、みろ——と思う。

「妬いてるつもりなのに、妬かせてた？」

「そうだよ。気がきかないやつ」

進一は「謝るよ。ごめん」と笑いながらからだを寄せてきて、七海の肩を抱き寄せると、軽く唇を合わせてくる。

「もうよけいなことは話さないから」

「すぐ謝ればいいと思ってるんだから、調子のいい」

七海はかろうじて睨みつけたが、進一の眼差しはどこまでも甘くて、居心地が悪くなる。進一はさらに七海のからだを深く抱き込むと、もう一度唇を合わせて、今度は舌を入れてくる。

しつこくキスされているうちに、下腹が甘く疼《うず》いて、七海はうろたえる。昨夜もしたばかりなので、こんなふうに食事が終わるか終わらないかのうちに抱きしめられるとは思わなかった。

進一はいったん唇を離すと、七海のこめかみにキスしたあと、髪をなでまわして鼻先を埋める。

「七海、いいにおいがする。もう風呂入ったの?」

「――汗かいたから」

「そう」

指がシャツのなかに入り込んでくる。七海はぎょっとしながら進一の手を押しとどめた。

「……するの?」

「気分じゃない?　俺もすぐにシャワー浴びてくるから」

「そのままでもいいけど」

とっさにそういってしまったのは、進一の体臭といつもつけているフレグランスのにおいにつつまれるのが好きだったからだ。爽やかな香りと、男っぽいにおいが混じりあったところがたまらない。

七海の反応に、進一がかすかに笑うのが見えた。しまった……と後悔しながら、七海は耳が熱くなるのを感じて相手を睨みつける。

「それにしたって……昨日もしたばっかりだろ。疲れてないのか?」

「身体、つらい?」

「……そうじゃないけど」

気遣われるようなことをいわれると、よけいに気恥ずかしかった。女性に比べたら、きっと抱くのに手間がかかるに違いない。

セックスするのがいやなわけではない。七海としてはいくらでもしてくれてかまわないのだが、求められるというポジションに慣れていない。

ずっとずっと求めてきたのは七海のほうだったのに——こんなのは調子が狂う。

「——七海」

耳元に囁《ささや》かれる進一の声が興奮にかすれているのを聞いて、頭のなかに渦をまいていた思考が熱にとかされるようにかき消される。「ああ、もうどうにでもなれ」——と、ようやく素直に息を吐いて、七海は進一のからだを引き寄せるためにその背中に腕を回した。

「……平気？」

七海が呻《うめ》くと、進一が動きを止めて顔を覗き込む。

「……平気……だから……」

寝室の間接照明だけの薄い灯りのなか——七海はいったんつむっていた目を開けたものの、進一と目が合うとすぐにまた閉じてしまった。

男同士は必ずしも挿入しなくても快感は得られるので、後ろを使った行為にそれほど慣れていないのはほんとうだった。七海がいやがれば、相手も強要しなかった。というよりも、強要するような相手とはつきあわなかったというほうが正しい。人並みの欲求はあるが、どちらかというと淡白なのかもしれない。

だけど、進一だけは別だった。進一は女性相手しか知らないから、挿入がないと満足してくれないかもしれないと心配だったせいもあるが、なによりも彼のは七海自身が欲しくてたまらなかった。からだをつなげてみたいと切実な欲求がわいてくる。たとえ痛くてもなんでもいい。

相手が変わると、セックスの好みまで変わるのだからおかしなものだった。

それに進一は挿入する前にていねいに慣らしてくれるので、男相手に経験がないわりにはひどい苦痛を与えることもなかった。とはいえ、やはり大きく硬くなっているものを挿入されると、まったく苦しくないといったら嘘になるのだが、進一が興奮してくれている証《あか》しだと思えばうれしい。

痛くてもいいなんて——「終わっている」と頭の片隅で皮肉げに考える。だが、こうして肌と肌をふれあわせているときは、思考よりも皮膚から伝わってくる感覚のほうが勝った。

「いい……動いて」

　気遣って動きを止めたままでいるので、かかえあげられている足をさらに相手のからだに絡めると、進一はたまらなくなったように再び腰を振りはじめる。

　七海は少し目を開けて、呼吸を荒くしている進一の表情を見ると、すぐにまた目を閉じた。

　進一はセックスするときにどんな顔をするんだろう——というのは昔から頭のなかが擦り切れるほど考えた。

　彼に彼女がいる時期には、なんでもない顔をしながらも毎日胃に穴が開いたみたいに苦しくてしようがなかった。だが、心は痛いはずなのに、「どういうふうに彼女を抱いてるんだろう」と想像すると、若いせいもあったし、からだのほうは忌《い》ま忌《い》ましいほどに興奮した。自分のものにはならないとわかっているのに、欲しくてどうしようもなかった。あさましい、と自己嫌悪するしかなかった日々——。

　あきらめていたはずなのに、何年も経ってから、とうとう見たくてしようがなかった顔が見られることになった。進一が自分を抱いている顔——だが、実際にこうしてからだを重ね合わせていると、ほとんど目が開けられないから皮肉なものだった。

「……七海」

進一のほうはものすごく七海を見ているのがわかる。ふと目を開けたときに、視線がまともに合うからだ。

とろけそうにやさしい目をしているわりには、その眼差しには肌にふれているときしか見えない、粘りつくような特有の熱っぽさと色気がある。

甘い瞳に吸い込まれるようにキスされて、「んん」と息ができなくなりそうになる。

どこをさわられても、なにをされても、からだじゅうがとろけてしまいそうに気持ちが良い。肌や粘膜から伝わってくる情報が多すぎて、考えることができなくなると、からだの感覚にすべてをゆだねるしかなくなる。

進一に抱かれていることがいまだに夢みたいに信じられなくて——うれしくて泣きそうになる。

「……いい……きもちいい……」

七海がほとんど無意識に呟くと、進一がとまどったように目を瞠《みは》った。なにかマズイことをいったか——と一瞬不安になって身をこわばらせたが、さらに甘い眼差しが注がれたのでほっと力を抜く。

「気持ちいい？」

進一は興奮した息を吐いて、七海の足をぐいっと押し曲げて、からだを深くつなげてくる。

相手の動きから、悦んでくれているのが伝わってきて、七海は揺さぶられながら「うん」と

頷く。ほんとうに気持ちがいいとしかいえなかった。ふわふわと宙に浮かんでいるような幸福感につつまれて、わずかに残っていた緊張もとけ、全身が弛緩《しかん》するのを感じる。

「きもちいい……進一……あ」

喘《あえ》ぎを吸いとるようにキスされながら激しく律動されて、あとはもう自分でもなにをいっているのかわからなくなった。

短い眠りに落ちてから、ベッドがきしむ音を聞いて目を覚ました。

進一がシャワーを浴びて、戻ってきたらしくシャンプーのにおいが漂う。

からだの奥に熱の余韻は残っていたけれども、頭はすっかりと冴えていた。七海は目を閉じたまま、しばらく眠ったふりをした。

何度もセックスしているのに、この瞬間がいつも慣れない。抱かれているときのことを思い出して、どんな顔をしていいのか迷う。

——甘えて、けっこう恥ずかしいことをいったような気がする。

酒に酔ったときも同じだが、緊張がとけたときには、なにをいったのかよく覚えていない場合が多い。だが、セックスの最中なんてみんな多かれ少なかれみっともないものだ——と己にいいきかせる。それでも、できることならこのまま口をきかずに眠ってしまいたかった。

やがて進一の濡《ぬ》れた髪の感触を感じた。後ろから抱きしめられて、首すじに鼻先をこすりつけられる。

「——冷たい」

七海が観念して振り返ると、進一は唇に軽くキスしてきた。

「シャワー浴びてきたから」

「俺も……浴びてくる。片付けもしてこなきゃ。夕食のあと、そのままにしてきたから」

やることがあると、意識をそちらに集中できるので助かる。これ幸いとばかりに七海が起き上がろうとすると、進一が腕をつかんで再び抱き込む。

「片付けてきたよ。乾燥機に入ってた食器や鍋は棚に適当に戻したから、気に入らなかったらあとでやりなおして」

「……そう」

なんて気の利く男なんだ——と普通ならよろこぶところだろうが、このときの七海にしてみれば逃げ道をふさがれた気分だった。

「じゃあシャワー……」

「もう少しあとで浴びればいい」

耳元に囁かれて抱きしめられてしまうと、その腕を振り払って立ち上がるわけにもいかない。

相手がくっついていたいというのに、離れたがるのは恋人の蜜月期としては失格だろう。

なによりも抱きしめられているうちに、心地よい圧迫感に醒《さ》めていたはずの頭がぼんやりとしてきてしまう。

「七海……」

こうして抱き枕みたいに抱きしめられてじっとしているのは睦言《むつごと》を囁かれるよりも居心地の悪さを覚えなくてもいいから好きだった。

そのまま再び眠ってしまってもよかったが、進一の手がしだいに抱きしめるだけではなくて、肌をまさぐってくるのに身を固くする。

「七海」

耳に吹き込まれる息が熱くて、ぞくりとした。

「……進一……?」

「——さっきの七海がすごくかわいいことといってたのを思い出したから」

押しつけられた進一のものが硬くなっているのに気づいて、七海は頬を赤くした。

進一は七海のからだをなでまわして、笑いまじりながらもはっきりと荒くなった息を肌にぶつけてくる。

ベッドのなかの進一は、意外なほどストレートに欲望を訴えてくる。こちらがびっくりするぐらいためらいがないし、根が正直なせいもあるのか、そこに妙ないやらしさは感じられない。

だが、そのぶん訴えられたほうはまっすぐな熱っぽさにからだの奥がくすぐられて身悶《みもだ》えしてしまう。

「俺……なにいった？」

「いろいろといった」

からかうように笑われても、自分の痴態を頭のなかで再生する気にはならなくて、七海は「そう」と目許が赤くなるのを感じながら顔をそむける。

「七海……」

進一は七海の耳元にキスをしながら、からだの線をなぞる。乳首を指の腹でしつこくこすられて、七海は「あ」とこらえていた声をあげる。すると、さらに愛撫《あいぶ》が激しくなった。思わず拒んで手をつかむ。

「……進一って……けっこう元気なんだな」

「七海相手だから」

どこまでもそつのない返答に、あまのじゃくな心が刺激されて、ぴくりとこめかみがひきつる。

「へえ……男相手は珍しいからか？　興奮する？」

「するよ。七海のいろんな顔を見たり、声を聞くのはうれしいから」

「物珍しいだけだったら、すぐに飽きるんじゃないのか」

「飽きないよ。普段とは全然違うのに、反応の根っこは一緒だから。べつに物珍しがってるわけじゃない。抱きあうたびに、やっぱり七海だなって思うよ」

「どこがだよ……?」

こうしてベッドのなかにいるときは特別で、普段よりも甘えた顔を見せている自覚はある。

「根っこは同じだ」といわれるのは納得がいかなかった。

七海の不服を察したのか、進一は再び七海の胸もとに手を伸ばす。

「――ここ、さわると、いじられるのが好きだってわかる」

「な……」

乳首をつままれて、指でさすられる。そっとキスを落とされて、背すじを震わせながら顔をしかめた。

「やめ……」

「好きなのに、七海は強がって、いやな顔をするんだ。でも、すごくよろこんでるのが伝わってくる。結局、七海はいつも俺に素直に気持ちを伝えてくれるから」

「なにいって……あ」

しつこく乳首を吸われ、唇でねぶられて、さすがにしかめっ面をしているわけにもいかなくなった。

乱れた呼吸を整えようと必死になっていると、進一が笑いながら唇にキスしてくる。

「好き?」

再び深くくちづけられて返事ができないうちに、意識がとろけてくる。

好き……と答えてしまいそうで怖くなる。声にださないまでも、だらしない顔つきですでに返事をしてしまっているのかもしれない。

進一にこんな恥ずかしい問いかけをベッドでされるなんて思ってもみなかったけれども、意外なようでいて、やはり進一らしいのかもしれない。

自分が以前の関係との違いにとまどっているのに比べて、進一は七海を恋人として扱うと決めたら徹底的にそうするし、まったく揺らぎがない。それでいて、友人と恋人のときで態度がどこか違うのかと問われれば、昔と変わっていないとしかいいようがないのだ。とにかく憎らしいほどにいつでも自然体だった。

進一は男同士の関係にたとえとまどうことがあっても、七海には決して見せないようにしているのかもしれない。優等生らしく、努力して……? そのせいか、あまりにも躊躇《ためら》いがなさすぎて、逆に怖い。

なにもかもが七海の望んだとおりで、出来過ぎの夢を見ているような気持ちになってしまう。現実がこんなにうまくいくはずがない。

ひょっとしたらほんとうに夢を見ているのではないか。こうして抱かれて、意識が朦朧《もうろう》としているときはとくにそう考えてしまう。進一を想いすぎて、自分は夢を見ているのだ。からだのあちこちに指を這わされたり、唇で吸われたりしているうちに、ますますその感覚が強くなった。

「あ――」

いつのまにかひっくりかえされて、後ろから腰をあげさせられていた。まだ先ほど挿入された余韻が残る挟間に硬くなったものが押しつけられる。

進一の熱っぽい囁きが、背中をくすぐる。

「つらい？　さっきしたばかりだから」

「いい……して」

べつに夢なんだからいいよな――と思いながら、七海は目を閉じる。貫かれた瞬間、夢にしてはやけにリアルな感触に眉をひそめた。

翌日は日が高くなってからようやく目が覚めた。カーテンの隙間からは眩《まぶ》しいほどの光が入り込んできて、目を刺す。

からだを起こしてから、七海は腰の違和感に「う」と顔をしかめる。

――夢のわけがなかった。

何度も挿入されたのは、実際に起こったことだったらしい。腰に力が入らないし、まだなにかが入っているような感覚さえある。

進一もさすがに疲れているらしく、ぐっすりと寝入っているようだった。七海が身を起こしても、目覚める気配がない。

なんとなく恨めしい気持ちになったものの、見ているだけで惚れ直してしまうような綺麗な寝顔だった。男らしく整っている眉、目許は繊細な風情を残しているが、鼻筋は通っていて、口許にも色気がある。

なんだってこんなに満足しきったように寝ているんだ――と、聞こえるはずはないとわかっているのに、七海はおおげさにためいきをついて、乱れている髪をかきあげた。

こんなふうに裸で寝入っている進一の隣にいることなんて、ありえないと思っていたのに……。

いくら夢だと考えようとしても、部屋に差し込んでくる明るい日差しがそれを否定して、現実だと認めざるを得なかった。

陽光が白く輪郭を溶かす。自分のなかの想いもすべて溶けだしていくような錯覚にとらわれた。

ずっと好きだったけれども、ほんとは気持ちを伝えるつもりもなかった。友達としては大切にされていて、特別なのはわかっていた。でも、自分の望むような意味で求められるのは、無理だとわかっていたから。学生時代の最初の告白もアクシデントのようなものだ。

結局、想像したとおりに一度は叶わなくて、捨てたはずの想いだったけれども、年月を経たあとに思いがけず報われた。

いまはひどく満たされた気持ちだった。でも、それに浸ってしまうのが怖い気持ちも相変わらず消えない。

進一の愛情表現が足りないわけじゃない。むしろありすぎて心配になるほどだ。幸せなのは間違いなくて、憂鬱なことを考えているはずなのに、いまも七海はおかしくて笑いたくなる。幸せで、怖くて——矛盾しているのは百も承知だけれども。

こんな気持ちは進一には絶対にわからない。あたりまえだ。違う人間なんだから、感じかたはそれぞれ違う。だからこそ惹かれて、好きになったんだから。

どのくらいそうやってぼんやりとしていたのかわからなかった。寝入っていたはずの進一が目を開ける。

目が合った途端に、進一はぼんやりとした表情ながらも「おはよう」と微笑む。

「……おはよう」

爽やかな笑顔しやがって——と、七海は一瞬見惚れてしまったのが悔しくて、表情をわずかにこわばらせる。進一が不思議そうに瞬きをくりかえした。

「なんで怖い顔してるんだ？」

「べつに。進一は平和な顔して眠ってるなと思って」

「七海は平和じゃないのか」

「俺はいつも戦闘中だよ」

そのいいかたがおかしかったのか、進一は「戦闘中か」と呟きながら笑いを洩らした。ますます眉をひそめる七海の腕をつかんで、再び布団のなかに引きずり込む。

キスをされたら、しかめっ面をしているわけにもいかなくなった。体温にくるまれて、ようやくからだの力が抜けていく。

「……進一はベタベタするの、平気なんだな」

「七海は嫌いなのか」

「嫌いじゃないっていうか……」

こういうとき、「大好き」とはっきりいって、首にしがみついていける性格だったら、どんなに楽だったろう。しかし、いまさら無いものねだりはするまい。ガラじゃないし、だいたい気持ち悪い。

「――満足してる?」

不機嫌そうに眉をひそめる七海の顔を、進一が気遣わしげに覗き込む。思わずきょとんとした。

「満足……?」

「ちゃんと七海を満足させてるのかなと思って――つい友達感覚になるからさ」

質問の意味がすぐにはわからなかった。

少し考えて理解できたものの、問われる理由がわからずに、七海は首をひねらずにいられなかった。

「俺はべつに……進一こそ……」

やたらがっついてくるのはそっちなのだから、七海のほうこそ「どのくらいで満足するのか」と質問したいぐらいだった。なぜ自分が不満をもっているようにたずねられなければならないのか――そこまで考えて、はっとする。

「もしかして――進一、かなり無理して、俺を抱いてる?」

今度は進一が「え」という顔をした。

まさかと思いながらも考えていた推測が当たっているようないやな予感に、七海は表情を険しくする。

「俺に対して、男同士の関係にとまどってるところを見せないように、ことさら甘く情熱的に振る舞おうとか演技してるんじゃないだろうな? 進一が努力家なのは知ってるけど、そんなことまで頑張られてもうれしくない。普通でいいよ。そりゃ進一はなんだってやろうと思えばできるんだろうけど」

「努力……? 演技?」

困惑気味の進一に、七海はかまわず嚙みついた。

「一昨日だって、なんで仕事で疲れてるのに平日でもしたがるんだろうって不思議だったんだ。昨夜もしつこいし……やめてくれよ。最初からそんなに無理して頑張られたら、あとが続かないかもしれないだろ」

七海の怒る顔を見て、進一は茫然《ぼうぜん》としていた。なにをいったらいいのか迷うような顔つきになっていたが、やがてこらえきれないように笑いだした。

「俺が努力しながら、無理に七海を抱いてると思ってるのか。そんなことできるわけないだろ」

「……だって」

「――できるわけない。その気がなかったら、無理だよ」

進一は「わかってるだろ」といいたげな視線を向けてくる。たしかに男同士で生理的な事情はわかるだけに、七海はさらにうろたえた。

「じゃあ、なんで『満足してる？』なんて聞くんだよ」

「七海……前にいっただろ？　俺が好きだって告げたあとに、わざわざ『セックスできるのか』って確認してきたじゃないか。だからだよ。べつに変な意味じゃないけど」

「…………」

さーっと全身の血の気が引いた。あの確認の意味を、進一がどう捉《とら》えていたのかと想像すると眩暈《めまい》がしてきた。

たしかにその問題は重要だ。だが、わざわざ確認したのは、七海がなによりも肉体の相性を重視しているから――というわけではなかった。あのときは進一が友情と同情を「好き」という気持ちと勘違いしていると思ったから、目を覚まさせるために恥をしのんで口にしたのだ。ほんとうなら、あの場面で自ら聞きたいことではなかった。

「……『満足』って……おまえ、俺をどんな淫乱《いんらん》だと……」

「違うよ。変な意味じゃないっていっただろ。ただ七海にがっかりされないように、男として頑張ろうとは思ったけど」

「同じ意味だろ。なにが違うんだよ」

「違うよ。――俺がやきもちをやいてるだけ」

意外な返答に目を丸くすると、進一は苦笑した。

「七海のいうとおり、俺のほうが何度もしたがって、がっついてるだろ。抱きあってる最中の七海のからだはすごく感じやすいし、声とか表情も色っぽいし……俺もついつい夢中になってしまうんだけど、同時につまらないことが気になるんだよ。……嫉妬と独占欲でムキになってるっていえば、わかる? 俺で満足してほしいって――見えないものに妬いてる。馬鹿みたいだな」

進一が妬いている――。

自分を独占したくてムキになっている。

まさかそんなことをいわれるとは思ってもみなかったので、七海は思わず頬をつねりたくなった。

やはりこれは夢じゃないのか。

「妬くって、なににだよ。俺は……」

進一は七海を引き寄せて抱きしめたまま、すぐには答えなかった。やがて、肌に唇をつけるようにして囁く。

「――全部」

完璧に誤解している。ほかの男の影でも気にしているというのか。七海が感じやすいのは、相手が進一だからだ。誰に対してもあんなふうに乱れるわけではない。なにもかも欲しいのは、進一だけだ。

七海は最初に抱きあったときにそう告げていたつもりだったが、それでも嫉妬しているのだろうか。もしくはきちんと伝わっていないのか。

なんでもそつなくこなす進一が、ムキになって自分を抱いているのだと考えたら……。

いけないと思いつつも、七海は笑いを洩らしかけて、進一に表情を読みとられないようにあわてて顔をそむけた。

「七海？」

「べつに――ベタベタするのは嫌いじゃないよ。俺は満足してるし……」

「そうか。よかった」

進一はうれしそうに七海を抱きしめる腕に力を込める。

ひとの気も知らないで――と七海は口のなかで呟いたが、やはりこういうところも進一らしいのかもしれなかった。

きっと知らないのだろう。七海は進一にふれられるたびに、病気ではないかと思うくらいに心臓が高鳴って、あれこれ考えるだけで全身の力が抜けてソファの上でしばらく動けなくなるほど重症だというのに。

でも、そんなことはわざわざ丁寧に教えてやる必要もなかった。

「七海……笑ってる？」

うなじにキスされて、七海はくすぐったさに身をよじった。

もう少しだけ妬いてもらうのも悪くないと思った。

次にうなじにキスされたら、振り返ってこの言葉だけは伝えよう。進一だから欲しいだけだと――できるだけ恋人らしく、夢のなかのように甘い声で。

あとがき

はじめまして。こんにちは。杉原理生《すぎはらりお》です。

このたびは拙作『親友の距離』を手にとってくださって、ありがとうございました。

わたしの萌えの元祖である同級生ものです。わたしは恋愛以前になんらかの絆がある関係が好きなので、何度書いても親友ものはいいものです。わざわざ好きにならなくても、ほかにつながりが充分あるのに、それでもなお……というところに惹かれるのだと思います。

進一《しんいち》と七海《ななみ》は等身大のサラリーマンなので、書きやすいひとたちでした。少し途中でつまずきかけましたが、最終的には頭のなかでイメージしたとおりに書けたかなと思います。

さて、お世話になった方に御礼を。

イラストは、穂波《ほなみ》ゆきね先生にお願いすることができました。「穂波先生の絵で大人のサラリーマン同士を書きたい」とイメージして作ったお話です。自らお願いしたにもかかわらず、スケジュールの件でご迷惑をおかけして、申し訳ありませんでした。このあとがきを書いている時点ではカバーイラストを見せていただいたところなのですが、進一と七海のスーツ姿が眩暈《めまい》がするほど格好よく、画像ファイルを開いた途端にうれしい悲鳴をあげてしまいました。くわえて、独特の透明感のある表情や雰囲気に惚れ惚れです。お忙しいところ、素敵な絵をありがとうございました。

お世話になっている担当様、声をかけていただき、感謝しております。キャラ文庫さんで初めてのお仕事なので張り切って原稿に臨むつもりだったのですが、いろいろとご迷惑をかけてしまって申し訳ありません。ご一緒にお仕事できて楽しかったです。今後ともどうぞよろしくお願いいたします。

そして最後になりましたが、読んでくださった皆様にも、あらためて御礼を申し上げます。

担当様には「七海がいいですね」といっていただけたのですが、いかがでしょうか。長い年数かかった恋の成就なので、後日談の『恋人の時間』は幸せになってほしい気持ちを込めて書きました。このふたりはこれからもこんな調子で過ごしていくのだろうと思います。

この文庫は執筆中に「もう書き上がらないんじゃないかな」とひそかに思ったこともあって、自分にとってはとても思い出深い作品です。日々、いろいろなことに追われていて、毎日しんどかったりするのですが、同時にそれがありがたかったりもします。追われているうちは、動くことができるので。

この本が無事に出せて、停滞していたものに少しずつエンジンがかかるようになりました。書けてよかったと思えたお話なので、読んでくださった方にも少しでも楽しんでいただければ幸いです。

杉原　理生

この本を読んでのご意見、ご感想を編集部までお寄せください。

《あて先》〒105－8055　東京都港区芝大門2－2－1　徳間書店　キャラ編集部気付
「親友の距離」係

■初出一覧

親友の距離

【キャラ文庫】

2011年8月31日 初刷

著者 杉原理生
発行者 川田 修
発行所 株式会社徳間書店
〒105-8055 東京都港区芝大門2-2-1
電話048-451-5960(販売部)
03-5403-4348(編集部)
振替00140-0-44392

印刷・製本 図書印刷株式会社
カバー・口絵 近代美術株式会社
デザイン chiaki-k

ISBN978-4-19-900631-9

キャラ文庫既刊

■英田サキ
【DEADLOCK】
【DEADHEAT DEADLOCK2】
【DEADSHOT DEADLOCK3】
【SIMPLEX DEADLOCK外伝】 CUT高階 佑
【恋ひめやも】 CUT小山田あみ
【ダブル・バインド①～③】 CUT葛西リカコ

■秋月こお
【王様な猫】シリーズ全5巻 CUTかすみ涼和
【王朝春宵ロマンセ】
【王朝夏曙ロマンセ 王朝春宵ロマンセ2】
【王朝秋夜ロマンセ 王朝春宵ロマンセ3】
【王朝冬陽ロマンセ 王朝春宵ロマンセ4】
【王朝唐紅ロマンセ 王朝ロマンセ外伝】
【王朝月下繚乱ロマンセ 王朝ロマンセ外伝2】
【王朝綺羅星如ロマンセ 王朝ロマンセ外伝3】 CUT唯月 一
【要人警護】
【特命外交官 要人警護2】
【駆け引きのルール 要人警護3】
【シークレット・ダンジョン 要人警護4】
【暗殺予告 要人警護5】
【日陰の英雄たち 要人警護6】 CUT緋色れーいち
【本日のご葬儀】 CUTヤマダサクラコ
【幸村殿、艶にて候】全7巻 CUT九號
【スサの神謡】 CUT稲荷家房之介
【超法規レンアイ戦略課】 CUT有馬かつみ

■洸
【機械仕掛けのくちびる】 CUT須賀邦彦
【刑事はダンスが踊れない】 CUT香雨
【花陰のライオン】 CUT宝井さき
【黒猫はキスが好き】 CUT汞りょう
【囚われの脅迫者】 CUT DUO BRAND.
【深く静かに潜れ】 CUT長門サイチ
【パーフェクトな相棒】 CUT亜樹良のりかず

【好みじゃない恋人】 CUT小山田あみ
【ろくでなし刑事のセラピスト】 CUT新藤まゆり
【オーナー指定の予約席】 CUT須賀邦彦
【捜査官は恐竜と眠る】 CUT有馬かつみ

■いおかいつき
【恋愛映画の作り方】 CUT高久尚子
【交番へ行こう】 CUT桜城やや
【死者の声はささやく】 CUT亜樹良のりかず
【美男には向かない職業】 CUT DUO BRAND.
【好きなんて言えない!】 CUT有馬かつみ

■五百香ノエル
【GENE《ゲーン》】シリーズ全9巻 CUT金ひかる
【FALCON～記憶の迷図～】 CUT有馬かつみ

■池戸裕子
【部屋の鍵は貸さない】 CUT鳴海ゆき
【恋人は三度嘘をつく】 CUT新藤まゆり
【特別室は貸切中】 CUTともさか高子
【容疑者は誘惑する】 CUT梅沢はな
【狩人は夢を訪れる】 CUT汞りょう
【夜叉と獅子】 CUT羽根田実
【工事現場で逢いましょう】 CUT有馬かつみ
【お兄さんはカテキョ】 CUT汞りょう
【官能小説家の純愛】 CUT一ノ瀬ゆま
【小児科医の悩みごと】 CUT新藤まゆり
【無法地帯の獣たち】 CUT新井サチ
【管理人は手に負えない】 CUT黒沢 椎

■烏城あきら
【発明家に手を出すな】 CUT長門サイチ
【スパイは秘書に落とされる】 CUT羽根田実
【艦 -おり-】 CUT今 市子

■榎田尤利
【ゆっくり走ろう】 CUTやまかみ梨由
【歯科医の憂鬱】 CUT高久尚子
【ギャルソンの躾け方】 CUT宮本佳野

【アパルトマンの王子】 CUT緋色れーいち
【理髪師の、些か変わったお気に入り】 CUT二宮悦巳

■鹿住 槇
【ただいま同居中!】シリーズ全2巻 CUT夏乃あゆみ
【独占禁止!?】 CUT宮城とおこ
【となりのベッドで眠らせて】 CUT椎名咲月
【君に抱かれて花になる】 CUT真生るいす
【ヤバイ気持ち】 CUT穂波ゆきね
【恋になるまで身体を重ねて】 CUT宮本佳野
【遺産相続人の受難】 CUT鳴海ゆき
【兄と、その親友と】 CUT夏乃あゆみ

■華藤えれな
【フィルム・ノワールの恋に似て】 CUT小椋ムク

■川原つばさ
【泣かせてみたい①～⑥】
【ブラザー・チャージ 泣かせてみたいシリーズ】
【キャンディ・フェイク 泣かせてみたいシリーズ2】 CUT禾田みちる
【プラトニック・ダンス】全6巻 CUT沖麻実也

■神奈木智
【地球儀の庭】 CUTやまかみ梨由
【王様は、今日も不機嫌】 CUT雁川せゆ
【その指だけが知っている】
【左手は彼の夢をみる その指だけが知っている2】
【くすり指は沈黙する その指だけが知っている3】
【そして指輪は告白する その指だけが知っている4】
【その指だけは眠らない その指だけが知っている5】 CUT小田切ほたる

キャラ文庫既刊

「ダイヤモンドの条件」シリーズ全3巻 CUT須賀邦彦
「無口な情熱」 CUT椎名咲月
「征服者の特権」 CUT明森びびか
「御所泉家の優雅なたしなみ」 CUT円屋榎英
「甘い夜に呼ばれて」 CUT不破慎理
「密室遊戯」 CUT羽根田実
「若きチェリストの憂鬱」 CUT二宮悦巳
「オーナーシェフの内緒の道楽」 CUT新藤まゆり
「愛も恋も友情も。」 CUT香坂あきほ
「月下の龍に誓え」
「烈火の龍に誓え 月下の龍に誓え2」 CUT円屋榎英
「マル暴の恋人」 CUT水名瀬雅良
「恋人がなぜか多すぎる」 CUT高星麻子

■剛しいら
「雛供養」 CUT須賀邦彦
「顔のない男」シリーズ全3巻 CUT北畠あけ乃
「仇なれども」 CUT今 市子
「君は優しく僕を裏切る」 CUT新藤まゆり
「シンクロハート」 CUT小山田あみ
「マシン・トラブル」 CUT笹生コーイチ
「命いただきます！」 CUT麻生 海
「狂犬」 CUT有馬かつみ
「盗っ人と恋の花道」 CUT葛西リカコ
「天使は罪とたわむれる」 CUT宮本佳野

■ごとうしのぶ
「水に眠る月」全3巻 CUT Lee
「熱情」 CUT高久尚子

■榊 花月
「ロマンスは熱いうちに」 CUT夏乃あゆみ
「永遠のパズル」 CUT山田ユギ
「もっとも高級なゲーム」 CUT汞りょう
「ジャーナリストは眠れない」

「恋人になる百の方法」 CUTヤマダサクラコ
「冷ややかな熱情」 CUT高久尚子
「狼の柔らかな心臓」 CUTサクラサクヤ
「つばめハイツ102号室」 CUT亜樹良のりかず
「夜の華」 CUT富士山ひょうた
「他人の彼氏」 CUT高階 佑
「恋愛私小説」 CUT汞りょう
「地味カレ」 CUT小椋ムク
「待ち合わせは古書店で」 CUT新藤まゆり
「不機嫌なモップ王子」 CUT木下けい子
「本命未満」 CUT夏乃あゆみ
「僕が愛した逃亡者」 CUTルコ
「天使でメイド」 CUT葛西リカコ CUT夏河シオリ

■桜木知沙子
「ご自慢のレシピ」 CUT椎名咲月
「となりの王子様」 CUT夢花 李
「金の鎖が支配する」 CUT清瀬のどか
「解放の扉」 CUT北畠あけ乃
「プライベート・レッスン」 CUT高星麻子
「ひそやかに恋は」 CUT山田ユギ
「ふたりベッド」 CUT梅沢はな
「真夜中の学生寮で」 CUT高星麻子
「兄弟にはなれない」 CUT山本小鉄子

■佐々木禎子
「最低の恋人」 CUT蓮川 愛
「ニュースにならないキス」 CUT水名瀬雅良
「遊びじゃないんだ！」 CUT鳴海ゆき
「花嫁は薔薇に散らされる」 CUT由貴海里
「蜜の香り」 CUT新藤まゆり
「極悪紳士と踊れ」 CUT汞りょう
「ミステリ作家の献身」 CUT高久尚子
「僕の好きな漫画家」 CUT香坂あきほ
「弁護士は籠絡される」 CUT金ひかる
「執事と眠れないご主人様」 CUT榎本

「治外法権な彼氏」 CUT有馬かつみ
「アロハシャツで診察を」 CUT高久尚子

■秀香穂里
「くちびるに銀の弾丸」シリーズ全2巻 CUT祭河ななを
「チェックインで幕はあがる」 CUT高久尚子
「虜《とりこ》」 CUT山田ユギ
「挑発の15秒」 CUT宮本佳野
「誓約のうつり香」 CUT海老原由里
「灼熱のハイシーズン」 CUT長門サイチ
「禁忌に溺れて」 CUT亜樹良のりかず
「ノンフィクションで感じたい」 CUT新藤まゆり
「艶めく指先」 CUTサクラサクヤ
「烈火の契り」 CUT彩
「他人同士」全3巻 CUT新藤まゆり
「堕ちゆく者の記録」 CUT高階 佑
「真夏の夜の御伽噺」 CUT佐々木久美子
「桜の下の欲情」 CUT汞りょう
「隣人には秘密がある」 CUT山田ユギ
「なぜ彼らは恋をしたか」 CUT梨とりこ
「闇を抱いて眠れ」 CUT小山田あみ
「恋に堕ちた翻訳家」 CUT佐々木久美子

■愁堂れな
「身勝手な狩人」 CUT蓮川 愛
「ヤシの木陰で抱きしめて」 CUT片岡ケイコ
「十億のプライド」 CUT汞りょう
「愛人契約」 CUT水名瀬雅良
「紅蓮の炎に焼かれて」 CUT金ひかる
「やさしく支配して」 CUT香雨
「花婿をぶっとばせ」 CUT高久尚子
「誘拐犯は華やかに」 CUT神葉理世
「伯爵は服従を強いる」 CUT羽根田実
「コードネームは花嫁」 CUT汞りょう
「怪盗は闇を駆ける」 CUT由貴海里

キャラ文庫既刊

「屈辱の応酬」 CUTタカツキノボル
「金曜日に僕は行かない」 CUT麻生 海
「行儀のいい同居人」 CUT小山田あみ
「激情」 CUT羽根田実
「二時間だけの密室」 CUT高久尚子
「月ノ瀬探偵の華麗なる敗北」 CUT亜樹良のりかず
「法医学者と刑事の相性」
「法医学者と刑事の本音 法医学者と刑事の相性2」 CUT高階 佑
「嵐の夜、別荘で」 CUT二宮悦巳
「入院患者は眠らない」 CUT新藤まゆり
「極道のしつけ方」 CUT和鐵屋匠

■菅野 彰

「毎日晴天!」

「子供は止まらない 毎日晴天!2」

「子供の言い分 毎日晴天!3」

「いそがないで。 毎日晴天!4」

「花屋の二階で 毎日晴天!5」

「子供たちの長い夜 毎日晴天!6」

「僕らがもう大人だとしても 毎日晴天!7」

「花屋の店先で 毎日晴天!8」

「君が幸いと呼ぶ時間 毎日晴天!9」

「明日晴れても 毎日晴天!10」

「夢のころ、夢の町で。 毎日晴天!11」 CUT二宮悦巳
「野蛮人との恋愛」シリーズ全3巻 CUTやしきゆかり
「高校教師、なんですが。」 CUT山田ユギ

■杉原理生

「親友の距離」 CUT穂波ゆきね

■春原いずみ

「とけない魔法」 CUTやまねあやの
「白檀の甘い罠」 CUT明森びびか
「赤と黒の衝動」 CUT夏乃あゆみ
「キス・ショット!」 CUT麻々原絵里依

「舞台の幕が上がる前に」 CUT禾田みちる
「神の右手を持つ男」 CUT有馬かつみ
「銀盤を駆けぬけて」 CUT須賀邦彦
「真夜中に歌うアリア」 CUT沖銀ジョウ
「警視庁十三階にて」
「警視庁十三階の罠 警視庁十三階にて2」 CUT宮本佳野

■高岡ミズミ

「この男からは取り立て禁止!」 CUT桜城やや
「ワイルドでいこう」 CUT紺野けい子
「愛を知らないろくでなし」 CUT長門サイチ
「愛執の赤い月」 CUT有馬かつみ
「夜を統べるジョーカー」 CUT実相寺紫子
「お天道様の言うとおり」 CUT山本小鉄子
「依頼人は証言する」 CUT山田シロ
「人類学者は骨で愛を語る」 CUT汞りょう
「僕が一度死んだ日」 CUT穂波ゆきね
「闇夜のサンクチュアリ」 CUT高階 佑

■月村 奎

「そして恋がはじまる」シリーズ全2巻 CUT夢花 李
「アプローチ」 CUT夏乃あゆみ

■遠野春日

「眠らぬ夜のギムレット」シリーズ全2巻 CUT沖麻実也
「ブリュワリーの麗人」 CUT水名瀬雅良
「高慢な野獣は花を愛す」 CUT汞りょう
「華麗なるフライト」
「管制塔の貴公子 華麗なるフライト2」 CUT麻々原絵里依
「砂楼の花嫁」 CUT円陣闇丸
「恋は饒舌なワインの囁き」 CUT羽根田実
「玻璃の館の英国貴族」 CUT円屋榎英
「芸術家の初恋」 CUT穂波ゆきね

「欲情の極華」 CUT北沢きょう

■中原一也

「仁義なき課外授業」 CUT新藤まゆり
「後にも先にも」 CUT梨とりこ
「居候には逆らえない」 CUT乃一ミクロ

■鳩村衣杏

「共同戦線は甘くない!」 CUT桜城やや
「やんごとなき執事の条件」 CUT沖銀ジョウ
「汝の隣人を恋せよ」 CUT和鐵屋匠

■樋口美沙緒

「八月七日を探して」 CUT高久尚子
「他人じゃないけれど」 CUT穂波ゆきね

■火崎 勇

「グッドラックはいらない!」 CUT果桃なばこ
「書きかけの私小説」 CUT真生るいす
「メビウスの恋人」 CUT紺野けい子
「愚か者の恋」 CUT有馬かつみ
「楽天主義者とボディガード」 CUT新藤まゆり
「荊の鎖」 CUT麻生 海
「それでもアナタの虜」 CUT司狼 亨
「そのキスの裏のウラ」 CUT羽根田実
「お届けにあがりました!」 CUT山田シロ
「灰色の雨に恋の降る」 CUT皇ソラ
「牙を剥く男」 CUT汞りょう
「満月の狼」 CUT有馬かつみ

■菱沢九月

「小説家は懺悔する」シリーズ全3巻 CUT高久尚子
「夏休みには遅すぎる」 CUT山田ユギ
「本番開始5秒前」 CUT新藤まゆり
「セックスフレンド」 CUT水名瀬雅良
「ケモノの季節」 CUT汞りょう
「年下の彼氏」 CUT穂波ゆきね
「好きで子供なわけじゃない」 CUT山本小鉄子

キャラ文庫既刊

【飼い主はなつかない】CUT高星麻子

■ふゆの仁子
【薔薇は咲くだろう】CUT亜樹良のりかず
【ベリアルの誘惑】CUT高階 佑
【愛、さもなくば屈辱を】CUT汞りょう
【忘れられない唇】CUT新藤まゆり

■松岡なつき
【声にならないカデンツァ】CUTビリー高橋
【ブラックタイで革命を】シリーズ全2巻 CUT緋色れーいち
【センターコート】全3巻 CUT須賀邦彦
【旅行鞄をしまえる日】CUT史堂 櫂
【GO WEST!】CUTほたか乱
【NOと言えなくて】CUT果桃なばこ
【WILD WIND】CUT雪舟 薫
【FLESH & BLOOD①～⑱】CUT①～⑪雪舟 薫／⑫～彩
【H・K《ホンコン》ドラグネット①～②】CUT乃一ミクロ

■水原とほる
【青の疑惑】CUT彩
【午前一時の純真】CUT小山田あみ
【ただ、優しくしたいだけ】CUT山田ユギ
【氷面鏡】CUT真生るいす
【春の泥】CUT宮本佳野
【金色の龍を抱け】CUT高階 佑
【災厄を運ぶ男】CUT葛西リカコ
【義を継ぐ者】CUT高階 佑
【夜間診療所】CUT新藤まゆり
【蛇喰い】CUT和鐵屋匠
【気高き花の支配者】CUTみずかねりょう

■水無月さらら
【お気に召すまで】CUT北畠あけの
【永遠の7days】CUT真生るいす
【なんだかスリルとサスペンス】CUT円屋榎英

【正しい紳士の落とし方】CUT長門サイチ
【オトコにつまずくお年頃】CUT汞りょう
【シャンプー台へどうぞ】CUTせら
【社長椅子におかけなさい】CUT羽根田実
【オレたち以外は入室不可!】CUT梅沢はな
【九回目のレッスン】CUT高久尚子
【裁かれる日まで】CUTカズアキ
【主治医の采配】CUT小山田あみ
【新進脚本家は失踪中】CUT一ノ瀬ゆま
【美少年は32歳!?】CUT高星麻子

■水壬楓子
【桜姫】シリーズ全3巻 CUT長門サイチ
【シンプリー・レッド】CUT汞りょう
【作曲家の飼い犬】CUT羽根田実
【本日、ご親族の皆様には。】CUT黒沢 椎

■夜光 花
【シャンパーニュの吐息】CUT汞りょう
【君を殺した夜】CUT小山田あみ
【七日間の囚人】CUTあそう瑞穂
【天涯の佳人】CUT DUO BRAND.
【不浄の回廊】
【二人暮らしのユウウツ 不浄の回廊2】CUT小山田あみ
【眠る劣情】CUT高階 佑
【愛を乞う】CUT榎本
【束縛の呪文】CUT香坂あきほ
【ミステリー作家串田寥生の考察】CUT高階 佑

■吉原理恵子
【二重螺旋】
【愛情鎖縛 二重螺旋2】
【攣哀感情 二重螺旋3】
【相思喪曖 二重螺旋4】
【深想心理 二重螺旋5】
【業火顕乱 二重螺旋6】CUT円陣闇丸
【間の楔】全6巻 CUT長門サイチ

〈2011年8月27日現在〉

キャラ文庫最新刊

恋人がなぜか多すぎる
神奈木智
イラスト◆高星麻子

事故で従兄弟が、別人に意識を奪われた!?しかも、自分が誰かわからないらしい。瑛《あきら》は見知らぬ彼と真実を探り始めるけれど!?

天使でメイド
榊　花月
イラスト◆夏河シオリ

イケメン編集者の紺《こん》。ある日故郷から、年下の幼なじみ・光穂《みつほ》がやってきた！「お嫁さんになりにきた」と言われ、戸惑うけれど!?

親友の距離
杉原理生
イラスト◆穂波ゆきね

会社員の進一《しんいち》には、大学時代に親友・七海《ななみ》に告白されつつも、応えなかった過去がある。けれど数年後、仕事で七海と再会して…？

H・K《ホンコン》ドラグネット②
松岡なつき
イラスト◆乃一ミクロ

義姉のマーゴが、組織を手中にしようと香港へやってくる。クレイグを誘惑するマーゴに、ジェイソンは怒りを募らせて——!?

9月新刊のお知らせ

英田サキ　［ダブル・バインド④］cut／葛西リカコ
愁堂れな　［捜査一課のから騒ぎ］cut／相葉キョウコ
松岡なつき［H・K《ホンコン》ドラグネット③］cut／乃一ミクロ
水壬楓子　［森羅万象 八百万《やおよろず》(仮)］cut／新藤まゆり

お楽しみに♡

9月27日(火)発売予定